SV

# David Vann
# Im Schatten des Vaters

Aus dem Amerikanischen
von Miriam Mandelkow

Suhrkamp

Die Originalausgabe erschien 2008 unter dem Titel »Sukkwan Island«
in: *Legend of a Suicide* bei University of Massachusetts Press.

Erste Auflage 2011

Satz: TypoForum GmbH, Seelbach
Druck: Pustet, Regensburg
Printed in Germany
ISBN 978-3-518-42229-8

1 2 3 4 5 6 – 16 15 14 13 12 11

# Im Schatten des Vaters

# Erster Teil

Ich hatte einen Morris Mini mit deiner Mom. Es war ein winziges Auto, wie ein Autoscooter auf dem Jahrmarkt, und ein Scheibenwischer war kaputt, also hatte ich immer einen Arm aus dem Fenster, um die Scheibenwischer zu bedienen. Deine Mom war damals ganz verrückt nach Senffeldern, an sonnigen Tagen wollte sie immer dran vorbeifahren, rund um Davis. Damals gab es mehr Felder, weniger Menschen. Überall auf der Welt. Und hier fangen wir mit dem Privatunterricht an. Die Welt war ursprünglich ein großes Feld und die Erde flach. Und die Tiere streunten sämtlich übers Feld und hatten keine Namen, und die größeren Kreaturen fraßen die kleineren Kreaturen, und keiner fand was dabei. Dann kam der Mensch, und er kauerte sich an die Ränder der Welt, haarig, dumm und schwach, und er vermehrte sich und wurde so zahlreich und irre und blutrünstig vor lauter Warten, dass die Ränder der Welt sich zu krümmen begannen. Die Ränder bogen sich langsam nach unten, Mann und Frau und Kind kraxelten übereinander, um auf der Welt zu bleiben, und kratzten einander bei der Kletterei das Fell vom Rücken, bis alle Menschen nackt und kalt und blutrünstig waren und sich am Rande der Welt festklammerten.

Sein Vater hielt inne, und Roy fragte, Und dann?

Im Laufe der Zeit trafen die Ränder aufeinander. Sie krümmten sich nach unten und kamen alle zusammen und bildeten den Globus, und vom ganzen Gewicht drehte sich die Welt, und Mensch und Tier fielen nicht mehr hinunter.

Dann sah der Mensch den Menschen an, und weil wir alle so hässlich waren ohne Fell und unsere Babys wie Kartoffelkäfer aussahen, zerstreuten sich die Menschen und schlachteten die Tiere und bedeckten sich mit ihrem Fell.

Ha, sagte Roy. Aber was dann?

Alles danach ist zu kompliziert, um es zu erzählen. Schuld spielte irgendwo mit rein und Scheidung und Geld und die Steuerbehörde, und alles ging zum Teufel.

Du meinst, alles ging zum Teufel, als du Mom geheiratet hast?

Wie sein Vater ihn ansah, machte deutlich, dass Roy zu weit gegangen war. Nein, es ist schon vorher zum Teufel gegangen, glaube ich. Aber schwer zu sagen, wann.

Sie kannten diesen Ort nicht, diese Lebensweise, einander. Roy war dreizehn, es war der Sommer nach der siebten Klasse. Er hatte bei seiner Mutter in Santa Rosa in Kalifornien gelebt, mit Posaunenunterricht und Fußball und Kino und der Schule direkt in der Stadt. Sein Vater war Zahnarzt gewesen in Fairbanks. Jetzt zogen sie in eine kleine spitzdachige Finnhütte aus Zedernholz. Sie stand an einem Fjord, einer kleinen Bucht in Südostalaska, die von der Tlevak Strait abging, nordwestlich der South Prince of Wales Wilderness und etwa fünfzig Meilen von Ketchikan entfernt. Erreichen konnte man sie nur übers Wasser, mit einem Boot oder Wasserflugzeug. Nachbarn gab es keine. Unmittelbar hinter ihnen erhob sich ein massiver sechshundert Meter hoher Berg, durch niedrige Sättel verbunden mit weiteren Bergen an der Mündung der Bucht und weiter draußen. Die Insel, auf der sie waren, Sukkwan Island, erstreckte sich hinter ihnen noch über mehrere Meilen, Meilen aber, die mit dichtem Regenwald bewachsen waren, ohne Straße und ohne Pfad, ein üppiger Wuchs aus Farn, Hemlocktannen, Fichten, Zedern, Pilzen und Wildblumen, aus Moos und moderndem Gehölz, Heimat von Bären, Elchen, Hirschen, Dallschafen, Bergziegen und Vielfraßen. Ein Ort wie Ketchikan, wo Roy gelebt hatte, bis er fünf war, nur wilder und beängstigend jetzt, da er nicht mehr daran gewöhnt war.

Beim Anflug beobachtete Roy, wie das Spiegelbild des gelben Flugzeugs über größere Spiegelungen grünschwarzer Berge und blauen Himmels schoss. Er sah die Bäume zu beiden Seiten näher kommen, dann setzten sie auf, und die Gischt spritzte hoch. Roys Vater steckte den Kopf aus dem Seitenfenster und lächelte aufgeregt. Roy hatte kurz das Gefühl, als käme er in ein verwunschenes Land, an einen Ort, der eigentlich gar nicht existieren konnte.

Und dann begann die Arbeit. Sie hatten so viel Zeug dabei, wie in das Flugzeug hineinpasste. Auf einem der Schwimmer blies sein Vater mit der Fußpumpe das Zodiac auf, und Roy half dem Piloten, den 6-PS-Johnson-Außenborder zum Heckspiegel herunterzulassen, wo er baumelte, bis das Boot vollständig aufgepumpt war. Dann machten sie ihn fest, setzten die Gasflasche ab und den Reservekanister, und das war die erste Ladung. Sein Vater fuhr allein, Roy wartete nervös im Flugzeug, während der Pilot unablässig redete.

Oben bei Haines, da hab ich's versucht.

Da war ich noch nie, sagte Roy.

Na ja, wie gesagt, da hat man seinen Lachs und Frischbären und eine ganze Menge, was andere Leute nie haben werden, dafür hat man dann zum Beispiel keine anderen Leute.

Roy antwortete nicht.

Ist nur ein bisschen merkwürdig. Die wenigsten nehmen ihre Kinder mit. Und die meisten nehmen Essen mit.

Sie hatten Essen mitgenommen, jedenfalls für die ersten

ein, zwei Wochen, und die Grundnahrungsmittel, auf die sie nicht verzichten wollten: Mehl und Bohnen, Salz und Zucker, braunen Zucker zum Räuchern. Ein paar Dosenfrüchte. Aber in der Hauptsache würden sie sich von dem ernähren, was die Insel für sie bereithielt. So war es geplant. Sie würden frischen Lachs essen, Saibling, Muscheln, Krabben und was immer sie jagten: Hirsche, Bären, Schafe, Ziegen, Elche. Sie hatten zwei Gewehre dabei, eine Schrotflinte und eine Pistole.

Wird schon, sagte der Pilot.

Klar, sagte Roy.

Und ich komme ab und an nach euch sehen.

Als Roys Vater zurückkehrte, grinste er und versuchte, nicht zu grinsen, und er sah Roy nicht an, während sie das Funkgerät in eine wasserdichte Kiste packten, die Waffen in wasserdichte Boxen, die Angelausrüstung, die Werkzeuge und die ersten Dosen in Behälter. Dann hieß es wieder dem Piloten zuhören, als sein Vater davonkurvte und dabei im Wasser eine kleine Furche zog, die hinter dem Spiegel weiß war, dann aber in schwarzen Rillen auslief, als könnten sie beide nur diesen kleinen Fleck aufwühlen, als würde sich dieser Ort an den Rändern gleich wieder selbst verschlucken. Das Wasser war sehr klar, aber schon hier so tief, dass Roy nicht bis auf den Grund sehen konnte. Dichter am Ufer allerdings, am Rande der Spiegelung, erkannte er die glasigen Umrisse von Wald und Fels.

Sein Vater trug ein rotes Holzfällerhemd und eine graue Hose. Einen Hut trug er nicht, obwohl die Luft kühler war, als Roy gedacht hätte. Die Sonne schien seinem Vater auf den Kopf und glänzte selbst von Ferne in seinem schütteren Haar. Sein Vater kniff im grellen Morgenlicht die Augen zusammen, aber mit einem Mundwinkel grinste er noch immer.

Roy wollte mit, wollte an Land zu ihrem neuen Zuhause, aber es würde noch zwei Fahrten brauchen, bis er einsteigen konnte. Sie hatten Kleiderpakete in Müllbeuteln und Regenzeug und Stiefel, Decken, zwei Lampen, noch mehr Essen und Bücher. Roy hatte eine Kiste mit Büchern nur für die Schule. Ein Jahr Privatunterricht: Mathematik, Literatur, Erdkunde, Sozialkunde, Geschichte, Grammatik und Naturwissenschaften für die achte Klasse, wobei er nicht wusste, wie sie das anstellen sollten, weil dazu Experimente gehörten, für die sie überhaupt nicht ausgerüstet waren. Seine Mutter hatte seinen Vater darauf angesprochen, und sein Vater hatte nicht eindeutig geantwortet. Auf einmal vermisste Roy seine Mutter und seine Schwester, und ihm stiegen Tränen in die Augen, doch als er sah, wie sein Vater das Boot vom Kiesstrand abstieß und zu ihnen zurückkam, riss er sich zusammen.

Als er endlich ins Boot stieg und den Schwimmer losließ, lag es nackt vor ihm: Nichts hatten sie jetzt, und als das Flugzeug hinter ihnen kreiselte, dann röhrte und wassersprühend abhob, bekam er ein Gefühl dafür, wie lang die Zeit sein mochte, als könnte sie aus Luft gemacht sein, sich verdichten und selbst anhalten.

Willkommen in deinem neuen Zuhause, sagte sein Vater und legte Roy die Hand auf den Kopf, dann auf die Schulter.

Als das Flugzeug außer Hörweite war, setzten sie auf dem steinigen dunklen Strand auf, und Roys Vater stieg in seinen Hüftstiefeln ins Wasser und zog am Bug. Roy griff nach einer Kiste.

Lass erst mal, sagte sein Vater. Wir machen nur fest und sehen uns um.

In die Kisten kommt nichts rein?

Nein. Komm her.

Sie liefen durch wadenhohes Gras, sattgrün in der Sonne, und einen Pfad hinauf durch ein Zedernwäldchen zur Hütte. Sie war grau und verwittert, aber nicht sonderlich alt. Das Dach lief spitz zu, damit der Schnee nicht liegenblieb, und die Hütte stand mitsamt der Veranda knapp zwei Meter erhöht über dem Boden. Es gab nur eine schmale Tür und zwei kleine Fenster. Roy betrachtete das hinausragende Ofenrohr und hoffte, dass es dazu auch einen Ofen gab.

Sein Vater ging nicht mit ihm in die Hütte, sondern um sie herum über einen Trampelpfad, der weiter hügelauf verlief.

Das Plumpsklo, sagte er.

Es war so groß wie ein Schrank und höher gesetzt, mit Stufen. Zwar war es kaum dreißig Meter von der Hütte entfernt, aber sie würden es auch in der kalten Zeit benutzen, im Schnee. Sein Vater ging weiter.

Von da oben hat man einen schönen Ausblick, sagte er.

Durch Brennnesseln und Beeren gelangten sie auf eine Anhöhe, die Erde, die überwuchert war, seit man sie das letzte Mal betreten hatte, brach unter ihren Füßen auf. Sein Vater war vor vier Monaten hergekommen, um einen Blick darauf zu werfen, bevor er es kaufte. Dann hatte er Roy und Roys Mutter und die Schule überredet. Er hatte seine Praxis und sein Haus verkauft, alles geplant und die Ausrüstung besorgt.

Oben war der Hügel so überwuchert, dass Roy gar nicht groß genug war, um ungehindert nach allen Seiten blicken zu können, aber er konnte den Meeresarm sehen, der wie ein glänzender Zahn aus dem von Wellen geschüttelten Wasser weiter draußen hervorspitzte, und die Ausläufer zu einer weiteren fernen Insel oder Küste und den Horizont. Die Luft war sehr klar und hell und die Entfernungen unmöglich abzuschätzen. Er sah die Dachspitze dicht unter sich und um die Bucht herum das Gras und das Tiefland, das nirgendwo weiter als dreißig Meter auslief. Der steile Berg hinter ihnen verschwand oben in den Wolken.

Niemand sonst hier weit und breit, sagte sein Vater. Soweit ich weiß, ist unser nächster Nachbar zwanzig Meilen entfernt, eine kleine Gruppe von drei Hütten in einer ähnlichen Bucht. Aber die sind auf einer anderen Insel, und ich kann mich nicht erinnern, auf welcher.

Roy wusste nicht, was er sagen sollte, also sagte er nichts. Er hatte keine Ahnung, wie das alles werden würde.

Sie wanderten zur Hütte zurück, durch einen süßen, bitteren Geruch, der von einer der Pflanzen kam, ein Geruch, der Roy an seine Kindheit in Ketchikan erinnerte. In Kalifornien hatte er ständig an Ketchikan und den Regenwald gedacht und es sich in seinen Phantasien und seinen Prahlereien gegenüber seinen Freunden als wilden, geheimnisvollen Ort ausgemalt. Wieder mittendrin war die Luft allerdings kälter, und die Pflanzen waren saftig, aber eben doch nur Pflanzen, und er fragte sich, wie sie sich die Zeit vertreiben würden. Die Dinge waren lediglich sie selbst und sonst nichts.

In ihren Stiefeln stapften sie auf die Veranda. Sein Vater öffnete das Schloss an der Tür und schwang sie weit auf, damit Roy als Erster hineinging. Roy roch, als er eintrat, Zeder und Feuchtigkeit und Schmutz und Rauch, und es dauerte ein paar Minuten, bis sich seine Augen so weit eingestellt hatten, dass er mehr als die Fenster sehen und nach und nach die Balken oben erkennen konnte und wie hoch die Decke war und wie rau die Bohlen an den Wänden und auf dem Fußboden mit ihren ausgesägten Astlöchern aussahen, die sich aber trotzdem weich anfühlten.

Alles wirkt so neu, sagte Roy.

Das ist eine stabile Hütte, sagte sein Vater. Durch diese Wände kommt kein Wind. Wir haben es gemütlich, solange genug Holz für den Ofen da ist. Wir haben den ganzen Sommer, um uns auf all diese Dinge vorzubereiten. Wir lagern auch getrockneten und geräucherten Lachs und machen uns Marmelade und salzen Wild ein. Du glaubst gar nicht, was wir hier alles machen werden.

Als Erstes machten sie die Hütte sauber. Sie fegten und wischten, dann führte sein Vater Roy mit einem Eimer an einen kleinen Bach, der in die Bucht mündete. Er floss tief durch die kurze Wiese und wand sich drei, vier Mal durchs Gras, bevor er über das Kiesbett austrat und einen kleinen Schwemmfächer Sand, Grus und Geröll ins Salzwasser ablud. Auf der Oberfläche saßen Wasserwanzen und Mücken.

Einschmieren, sagte sein Vater.

Die sind überall, sagte Roy.

So viel Frischwasser, wie wir wollen, sagte sein Vater stolz, als hätte er den Bach dort eigenhändig angelegt. Wir werden gesund trinken.

Sie rieben sich Insektenschutz auf Gesicht, Handgelenke und Nacken und machten sich daran, alles in der Hütte mit Bleiche und Wasser abzuwaschen, um den Schimmel zu vernichten. Dann trockneten sie es mit Lumpen ab und brachten ihre Sachen rein.

Die Hütte hatte einen Vorderraum mit den Fenstern und dem Ofen und ein Hinterzimmer oder vielmehr eine Abseite ohne Fenster mit einem großen Schrank.

Hier schlafen wir, sagte sein Vater, im großen Zimmer am Ofen. Unser Zeug packen wir nach hinten.

Sie trugen die Sachen rein und stellten das, was am kostbarsten war und unbedingt trocken bleiben musste, in den Schrank. Sie verstauten die Vorräte, die Dosen an der Wand, die Dauerkonserven in Plastik in der Mitte, Kleidung und Bettzeug an der Tür. Dann gingen sie Holz sammeln.

Wir brauchen totes Holz, sagte Roys Vater. Und es wird nichts Trockenes dabei sein, also sammeln wir vielleicht am besten ein bisschen für drinnen, und dann sollten wir an der hinteren Hauswand was bauen.

Sie hatten zwar Werkzeug mitgenommen, aber für Roys Ohren klang es, als würde seinem Vater das ein oder andere erst allmählich klar. Die Vorstellung, dass sein Vater nicht schon im Voraus an Trockenholz gedacht hatte, machte Roy Angst.

Sie trugen ein knotiges Bündel Zweige hinein und schichteten sie beim Ofen auf, dann gingen sie ums Haus herum und entdeckten einen kastenförmigen Wandvorsprung, der tatsächlich für Brennholz gedacht war.

Na, sagte Roys Vater, das habe ich ja gar nicht gewusst. Aber das ist gut. Allerdings brauchen wir mehr. Das hier reicht bloß für einen Sommerausflug oder ein Jagdwochenende. Wir brauchen etwas über die ganze Wand. Und Roy dachte an Bretter, an Bauholz, an Nägel. Er hatte kein Bauholz gesehen.

Wir brauchen Schindeln, sagte sein Vater. Sie standen nebeneinander, beide mit verschränkten Armen, und starrten die Wand an. Mücken summten um sie herum. Es war kalt hier im Schatten trotz der hoch stehenden Sonne. Sie hätten ebenso gut darüber sprechen können, dass Roy in irgendeiner Klemme steckte, so abgeschnitten waren sie von den Dingen, die sie sahen.

Wir können Pfosten oder kleine Baumstämme oder so zum Abstützen verwenden, sagte sein Vater. Aber wir brauchen irgendein Dach, und es muss ziemlich breit sein, falls der Regen oder der Schnee seitwärts reinbläst.

Es schien unmöglich. Alles schien Roy unmöglich, und sie schienen so schrecklich unvorbereitet. Irgendwelche alten Bretter hier?, fragte er.

Keine Ahnung, sagte sein Vater. Sieh dich doch mal beim Plumpsklo um, und ich gucke hier weiter.

Roy fand, dass sie jetzt irgendwie ebenbürtig waren. Keiner wusste, was zu tun war, und beide mussten es erst herausfinden. Auf seinem kurzen Weg zum Plumpsklo sah er bereits, wie die Pflanzen von ihnen heruntergetrampelt wurden. Sie würden überall Schneisen schlagen, wo auch immer sie hingingen. Er lief ums Plumpsklo herum und stieg auf ein überwuchertes kleines Brett. Er zog es heraus, kratzte Erde, Gras und Käfer ab und sah, dass es verfault war. Er brach es mit den Händen auseinander. Im Plumpsklo war eine Rolle Klopapier mit Wasserflecken an den Rändern und ein an die Holzbank genagelter Sitz und ein Geruch, der anders war als in den fahrbaren Toiletten, weil es nicht nach Chemie oder erhitztem Plastik roch. Es roch nach alter Scheiße und altem Holz und Schimmel und altem Urin und Rauch. Es war schmierig und feucht und hatte Spinnweben in den Ecken. Er sah zwei Holzplanken von gut einem halben bis einem Meter Länge hinter dem Klo, wollte sie aber nicht rausholen, weil er in dem Dämmerlicht nicht richtig sehen konnte und nicht wusste, wozu sie da waren und ob Schwarze Witwen auf ihnen hockten. Eine der Töchter der Nachbarn seines Vaters in Fairbanks war von einer ganzen Familie Schwarzer Witwen gebissen worden, als sie auf dem Dachboden ihren Fuß in einen alten Schuh gesteckt hatte. Sie hatten sie alle gebissen, sechs oder sieben Stück, aber sie war nicht gestorben. Sie war über einen Monat lang krank gewesen. Aber vielleicht war das auch bloß eine Geschichte. Jedenfalls musste Roy da schleunigst weg. Er sprang schnell zurück, ließ die Tür zuknallen und wischte sich auf dem Rückweg die Hände an den Hosenbeinen ab.

Irgendwas gefunden da oben?, rief sein Vater.

Nein, antwortete er und wandte sich zur Hütte. Bloß zwei kleine Bretter vielleicht, aber ich weiß nicht, wofür die da sind.

Wie ist das Plumpsklo? Sein Vater schmunzelte, als Roy zu ihm kam. Ein Grund zur Vorfreude? Das Highlight?

Von wegen. Ganz schön gruselig da drin.

Wart's ab, bis dein Hintern überm Abgrund hängt.

Gott, sagte Roy.

Ich habe ein paar Bretter unter der Hütte gefunden, sagte sein Vater. Nicht tipptopp, aber brauchbar. Sieht immer noch so aus, als müssten wir ein paar Bretter anfertigen. Schon mal gemacht, so was?

Nein.

Hab gehört, dass das geht.

Toll. Sein Vater grinste.

Die erste Privatlektion, sagte sein Vater. Wie bastel ich mir ein Brett.

Sie sägten zurecht, was sie hatten, und suchten im Wald nach Stützen und einem Stamm oder einem Baum, der so groß und frisch war, dass sie Bretter daraus machen konnten. Es war dämmerig im Wald und sehr still, von einzelnen Tropfen abgesehen, ihren Tritten und ihrem Atem. Ein leichter Wind in den Wipfeln, aber nicht stetig. Dichtes Moos wuchs am Fuß der Bäume und über ihren Wurzeln, und fremde Blumen, die Roy jetzt von Ketchikan wiedererkannte, tauchten plötzlich an komischen Stellen auf, hinter Bäumen und unter Farnen und dann mitten auf einem Wildpfad, rot und dunkellila in wurzeldicken Strünken, die aussahen wie aus Wachs. Und Fallholz überall, nur alles verfault, einmal aufgehoben, fiel es dunkelrot und braun auseinander. Rechtzeitig erinnerte er sich daran, bei den Brennnesseln nicht das Haar anzufassen, das wie Seide aussah, und er erinnerte sich an die

Zinken, so hatten sie sie genannt, wobei das Wort jetzt komisch klang. Er erinnerte sich, wie sie sie mit Steinen von den Bäumen geklopft und mit nach Hause genommen hatten, um ihre glatten weißen Gesichter zu beschnitzen. Am deutlichsten erinnerte er sich an das permanente Gefühl, beobachtet zu werden.

Auf diesem ersten Ausflug blieb er dicht bei seinem Vater. Dass sie kein Gewehr bei sich hatten, erschreckte ihn. Er suchte nach Bärenspuren, hoffte beinahe darauf, welche zu finden. Ständig musste er sich ermahnen, dass er eigentlich nach Holz suchte.

Wir müssen neues hacken, sagte sein Vater. Nichts von dem hier ist frisch genug. Die Holzfäule setzt zu schnell ein. Kommt dir irgendwas vertraut vor? Erinnerst du dich an Ketchikan?

Schon.

Das ist hier nicht wie Fairbanks. Alles fühlt sich anders an. Vielleicht war ich zu lange am falschen Ort. Ich hatte vergessen, wie gern ich am Wasser bin und wie gern ich die Berge so nah bei mir habe und den Geruch des Waldes. Fairbanks ist so trocken, und die Berge sind bloß Hügel, und ein Baum ist wie der andere. Alles Papier-Birken und Fichten, mehr oder weniger, endlos. Ich habe immer aus dem Fenster geguckt und mir gewünscht, mal andere Bäume zu sehen. Ich weiß nicht, woran es liegt, aber ich habe mich seit Jahren nicht mehr zu Hause gefühlt, an keinem Ort mehr dazugehörig, egal wo. Irgendwas fehlte, aber ich hab das Gefühl, hier, mit dir, wird es wieder gut. Verstehst du, was ich meine?

Sein Vater sah ihn an, und Roy wusste nicht, wie er so mit seinem Vater reden sollte. Schon, sagte er, aber das stimmte nicht. Er verstand nicht im Geringsten, was sein Vater eigentlich sagte oder warum er das alles sagte. Und wenn es sich nicht so entwickeln würde, wie sein Vater behauptete? Was dann?

Alles klar?, fragte sein Vater und legte den Arm um die Schultern des Jungen. Wir packen das schon. Okay? Ich rede nur so. Okay?

Roy nickte und entwand sich seinem Vater, um weiter nach Holz zu suchen.

Sie trugen das wenige, was sie gefunden hatten, in die Hütte, es war wirklich kaum der Rede wert. Sein Vater holte die Axt. Als er in den Himmel blickte, änderte er seine Meinung. Also, es wird schon etwas spät hier, und wir brauchen was zu essen, und wir müssen unsere Betten machen und so, da sollte das hier vielleicht noch warten.

Sie nahmen das trockene Holz, das in der Kiste hinter der Hütte lag, die, wie sie herausfanden, von drinnen durch eine Klappe zu erreichen war, und entfachten damit im Ofen ein Feuer.

Das wird auch unsere Heizung, sagte sein Vater. Das hält uns mollig warm, und wir können es die ganze Nacht glimmen lassen, wenn wir den Abzug schließen.

Das werden wir brauchen, sagte Roy. Wobei er wusste, dass es hier nicht wie in Fairbanks werden würde. Minusgrade wären selten. Das hatte sein Vater allen zugesichert. Er hatte in ihrem Wohnzimmer gesessen, die Ellbogen auf den Knien, und betont, wie sicher und leicht das alles werden würde. Roys Mutter hatte eingewandt, die Voraussagen seines Vaters hätten sich selten bewahrheitet. Seinem Protest hatte sie die Fischerei entgegengesetzt, die Investition in den Eisenwarenladen und mehrere seiner Zahnarztpraxen. Die Ehen hatte sie nicht erwähnt, aber das verstand sich von selbst. Sein Vater hatte das alles ignoriert und ihnen erzählt, die meiste Zeit werde es über null sein.

Als das Feuer brannte, holte Roy Chili-Büchsen aus dem Nebenzimmer, sein Vater wollte obendrauf noch Brot rösten. Es war dämmerig in der Hütte, obwohl noch Nachmittag war und die echte Dunkelheit erst sehr spät eintreten würde. Daran konnte er sich erinnern, an all die Abende, da er als kleiner Junge ins Bett hatte gehen müssen, obwohl es draußen noch hell gewesen war. Er wusste nicht recht, welche Regeln jetzt galten, offenbar waren jedoch die üblichen bezüglich Hausaufgaben und Zubettgehen außer Kraft gesetzt. Er würde nie zu viel zu tun haben oder rechtzeitig zur Schule aufstehen müssen. Und würde niemanden sehen außer seinem Vater.

Sie aßen ihr Chili auf der Veranda und ließen die bestiefelten Beine baumeln. Die Veranda hatte kein Geländer. Sie betrachteten die ruhige Bucht und den ein oder anderen springenden Saibling. Lachse sprangen keine, aber das würde noch kommen in diesem Sommer.

Wann ist noch mal Lachs-Saison?

Juli und August hauptsächlich, kommt auf die Art an. Die erste Rosa-Wanderung kriegen wir vielleicht im Juni.

Nach dem Essen blieben sie schweigend sitzen. Die Sonne ging nicht unter, sondern stand noch lange tief am Horizont. Ein paar kleine Vögel zeigten sich kurz vor dem Gebüsch, dann kam ein Weißkopfseeadler hinter ihnen angeflogen, die Sonne golden auf seinem weißen Kopf, die Federn kreidebraun. Er flog zum Ende der Landspitze und landete in einer Fichtenkrone.

So was sieht man nicht überall, sagte sein Vater.

Nein.

Schließlich tauchte die Sonne ab, und sie gingen hinein, um ihre Schlafsäcke auf dem Boden des Hauptraums auf Isomatten auszubreiten. Roy sah Rot im Himmel vor dem schmalen Fenster, als sein Vater und er sich im Dunkeln auszogen. Dann lagen sie in ihren Schlafsäcken und schliefen nicht. Die Zimmerdecke wölbte sich über Roy, der Boden unter ihm wurde härter, und die Gedanken kreisten, bis er eindämmerte und wieder zu sich kam, als er merkte, dass sein Vater leise weinte, ein Geräusch verschluckt und verborgen. Das Zimmer so klein, und Roy wusste nicht, ob er so tun konnte, als hörte er nichts, aber er tat trotzdem so und lag wach, eine weitere Stunde, so schien es, und sein Vater hörte noch immer nicht auf. Irgendwann aber wurde Roy zu müde. Er hörte seinen Vater nicht mehr und schlief ein.

Am Morgen machte sein Vater Pfannkuchen und sang leise »King of the Road«. Er hörte, wie Roy aufwachte, und sah lächelnd zu ihm herunter. Er hob die Augenbrauen. Pfannkuchen und Pilzrahmsuppe?, fragte er.

Gern, sagte Roy. Das klingt gut. Es war, als würden sie zelten.

Sein Vater reichte ihm einen großen Teller mit Pfannkuchen und Pilzrahmsuppe obendrauf und eine Gabel, und Roy setzte ihn kurz ab, um Jeans, Stiefel und Jacke anzuziehen, dann gingen sie zum Essen auf die Veranda.

Es war später Vormittag, eine Brise zog bereits von der Bucht auf und blies kleine Wellen durchs Wasser. Die Oberfläche war undurchsichtig.

Hast du gut geschlafen?, fragte sein Vater.

Roy sah ihn nicht an. Sein Vater schien ihn zu fragen, ob er ihn hatte weinen hören, aber sein Vater hatte die Frage gestellt, als wäre sie völlig normal. Und Roy hatte so getan, als würde er schlafen, also antwortete er, Ja, ich habe gut geschlafen.

Die erste Nacht in unserem neuen Zuhause, sagte sein Vater.

Ja.

Vermisst du deine Mutter und Tracy?

Ja.

Na, das wird wohl eine Weile dauern, bis wir uns hier eingerichtet haben.

Roy glaubte nicht, sich so weit einrichten zu können, dass er seine Mutter und seine Schwester nicht mehr vermisste. Und sie würden hier hin und wieder wegkommen. Auch das hatte sein Vater versprochen. Sie würden die beiden alle zwei, drei Monate besuchen, an Weihnachten zwei Wochen lang. Und dann gab es noch den Amateurfunk. Damit konnten sie, wenn nötig, Nachrichten senden und empfangen.

Eine Weile aßen sie schweigend. Die Pfannkuchen waren ein bisschen angebrannt, und einer war innen teigig, weil er zu dick war, aber die Pilzrahmsuppe darauf war gut. Die Luft war kühl, aber die Sonne wurde stärker. Auf einer Veranda ohne Geländer zu sitzen, die Beine baumeln zu lassen, und kein Mensch weit und breit, das war wie *Unsere kleine Farm* oder so. Oder vielleicht eher ein Goldgräber-Abenteuer. Sie könnten in einem anderen Jahrhundert sein.

Das gefällt mir, sagte Roy. So sonnig und warm will ich es das ganze Jahr haben.

Sein Vater lächelte. Zwei, drei Monate auf jeden Fall. Aber du hast recht. Das ist das wahre Leben.

Gehen wir bald angeln?

Daran habe ich gerade gedacht. Wir sollten heute Abend anfangen, wenn wir den Unterstand für das Holz fertig haben. Und einen kleinen Räucherofen bauen wir da hinten auch noch.

Sie stellten das Geschirr in die kleine Spüle, und dann ging Roy zum Plumpsklo. Er hielt mit einem Fuß die Tür auf und untersuchte um den Sitz herum alles, so gut es ging, doch irgendwann musste er ihn einfach benutzen und darauf vertrauen, dass ihm nichts weggebissen würde.

Als er zurückkam, schnappte sein Vater sich Axt und Säge, und sie machten sich auf, Bretterbäume zu suchen. Auf ihrem Weg durch den Wald prüften sie die Stämme, aber hier standen fast nur Hemlocktannen, nicht dicker als zehn, fünfzehn Zentimeter. Weiter oben im Tal schrumpften die Bäume sogar noch mehr, also kehrten sie um und gingen an der Küste entlang zur Landspitze, wo es einen großen Fichtenbestand gab. Sein Vater setzte die Axt am Fuß eines Baumes an, der weiter innen und etwas um die Ecke stand.

Ich will uns ja den Blick nicht versauen, sagte er. Roy kam der Gedanke, dass Bäumefällen hier vielleicht gar nicht erlaubt war, weil es sich um eine Art Nationalpark handelte, aber er sagte nichts. Sein Vater hatte bekanntlich schon öfter das Gesetz missachtet, wenn es ums Jagen, Fischen oder Zelten ging. Einmal hatte er Roy zum Beispiel in der Nähe von Santa Rosa, Kalifornien, zum Jagen mitgenommen. Sie hatten nur die Schrotflinte dabei und wollten auf irgendeinem Stück Land, das sie abseits einer Straße aufgetan hatten, Tauben oder Wachteln schießen. Als der Besitzer kam, sah er ihnen bloß stumm dabei zu, wie sie wieder ins Auto stiegen und wegfuhren.

Roy übernahm die Axt, in seinen Armen spürte er jeden Schlag, und er sah, wie weiß die Späne waren, die um den Stamm zu Boden fielen.

Pass auf, wie er fällt, sagte sein Vater. Denk an den Schwerpunkt.

Roy hielt inne und betrachtete den Baum, lief halb um ihn herum, setzte die letzten beiden Hiebe an, und er fiel von ihnen weg und krachte durch Zweige und Blätter, dass die anderen Baumstämme zitternd dastanden, wie eine Traube von Zuschauern bei einem schrecklichen Ereignis, allesamt bebend und bestürzt und danach eine seltsame Stille.

Na, sagte sein Vater, das sollte zumindest für ein paar Bretter reichen.

Sie entfernten die Äste und stapelten sie, um sie später für Brennholz zu sichten und, dachte Roy bei sich, vielleicht für Pfeil und Bogen. Sie packten an je einem Ende an, um den Baumstamm zur Hütte zu tragen, aber er war viel schwerer als erwartet, also zersägten sie ihn an Ort und Stelle, zumeist in halbe Meter, und in zwei längere Abschnitte für längere Bretter, insbesondere für die Seitenwände des Räucherofens. Dann trugen sie die Stücke hinter die Hütte, standen da und betrachteten sie.

Wir haben nicht das nötige Werkzeug.

Nein, sagte Roy. Wir müssen einfach die Axt oder die Säge oder so was nehmen. Was nimmst du normalerweise für Bretter?

Keine Ahnung. Irgendwas, was wir nicht haben. Aber ich glaube, wir können sie hochkant sägen.

So probierten sie es mit einem Stück, stellten es auf, setzten die Säge etwa drei Zentimeter vom Rand an und arbeiteten sich langsam, möglichst gerade, durch.

Die Stücke werden alle verschieden groß, sagte Roy.

Genau.

Wie sich herausstellte, dauerte es lange und funktionierte kaum und war eher Arbeit für eine Person, weil sie nur eine Säge hatten, also holte Roy die Angelausrüstung aus dem Haus und schraubte auf der Veranda die Ruten zusammen. An jede Schnur band er einen Köder und einen Wirbel etwa einen Meter darüber, dann ging er ums Haus. Sein Vater war noch immer am ersten Brett zugange.

Er sah nicht auf, sondern arbeitete weiter. Sein Atem wölkte in der Kälte, und sein Gesicht sah spindelig aus wie das eines Vogels – kleine eingefallene Augen, schmale Lippen, eine Nase, die im Moment fast hakenförmig wirkte, und auf dem Kopf dünne Fransen, nicht mehr als ein flüchtiges Gekräusel.

Ich hab die Angeln fertig, sagte Roy.

Fang uns was Großes, sagte sein Vater und blickte kurz auf. Und dann halte deine Sägehand bereit. Mir schwant, dass wir die nächsten vier Monate hiermit beschäftigt sind.

Roy lächelte. Ist gut. Bin bald zurück.

An der Landspitze war es windiger. Roy stand am Rand, wo die Wellen bis zu einen Meter hoch aufschlugen, und weiter draußen sah er Schaumkronen. Er hatte nicht gewusst, wie geschützt ihre kleine Bucht war. Ein Weilchen lief er an der Küste auf und ab, betrachtete die weißpolierten Felsen und die Baumreihe dahinter auf einem Wulst von Gras und Erde und Wurzeln, der den Strand überall säumte und überall dem Wind ausgesetzt war. Er wusste nicht, wie sich die Erde dort hielt, von Nahem betrachtet bestand sie hauptsächlich aus Moos und Wurzeln. Er dachte an Bären und blickte sich um und entdeckte keine Anzeichen, lief aber zur Landspitze zurück, in Sichtweite der Hütte, und warf den Köder übers Wasser, um den Lachs zu fangen, der in die Bucht trudelte oder hinausschlüpfte.

Er konnte weder den Köder noch irgendwelche Fische sehen, aber er erinnerte sich an Zeiten in den Buchten um Ketchikan, da er bei seinem Vater im Boot gestanden und überall unter sich Fische gesehen hatte. So würde es hier die nächsten Monate auch sein, allerdings hoffte er immer noch, heute schon einen Vorboten zu fangen.

Was schließlich anbiss, war ein kleiner Saibling, ein weißes Blitzen und Zurren. Mühelos zog er ihn auf die glatten Felsen, wo der Fisch japste und blutete, Roy den Haken entfernte, ihm den Kopf zertrümmerte und der Fisch starb. Es war eine Weile her, dass er einen Fisch gefangen hatte, fast ein Jahr. Er beugte sich hinab, um die Farbe entweichen zu sehen.

Du warst hervorgebracht auf diesen Felsen, und zu diesen Felsen sollst du zurückkehren, sprach er grinsend. Aus dir ward Mittagessen.

Er legte ein paar Steine ringsum, um den Adler fernzuhalten, und dachte an seinen letzten Englischunterricht und die Theaterstücke, die sie durchgenommen hatten, und dass er davon dieses Jahr nichts mitbekam. Seine Freunde hatte er auch nicht um sich herum, und Mädchen gab es auch keine.

Während er seinen Köder immer wieder übers Wasser warf, dachte er an die Mädchen in der Schule und dann an ein bestimmtes Mädchen und wie er sie auf dem Heimweg geküsst hatte. Dabei bekam er eine Erektion, und er sah zur Hütte, holte dann seine Schnur ein und ging zu den Bäumen, wo er sich mit geöffneter Hose an einen Stamm lehnte und masturbierte und sich den Kuss vorstellte und kam. Erst vor knapp einem Jahr hatte er das Masturbieren entdeckt, und normalerweise machte er es drei, vier Mal am Tag, aber seit der Ankunft hier war er noch nicht dazu gekommen, weil sein Vater ständig in der Nähe war.

Er setzte sich an einen anderen Baum und fühlte sich einsam und dachte an all die verpassten Gelegenheiten.

Dann warf er die Angel wieder aus, gelangweilt, fing noch einen Fisch derselben Größe und kehrte zu seinem Vater zurück. Der Nachmittag neigte sich jetzt, das Licht wurde voller und der Blick auf den Berg beim Rückweg wunderschön.

Sein Vater sägte immer noch, als er zu ihm kam.

Da bist du ja, sagte sein Vater. Hey, sieht nach Abendessen aus. Saibling, alle beide?

Ja.

Prima. Und er stimmte ein Lied an, das wie ein Shanty klang. Ach, da schwammen die Saiblinge, und er war ja nicht dumm. Nahm seine Rute, fing zwei, drei gute und aß sie mit dem Rum.

Sein Vater grinste selbstzufrieden. Besser als Radio?

Unbedingt, sagte Roy. Das war ein seltsamer Vater, den er hier draußen zu sehen bekam. Ich kann sie braten, während du hier fertigmachst. Wie läuft's?

Sein Vater deutete auf den Stapel. Sieht aus wie zehn oder fünfzehn der edelsten Schindeln weit und breit, würde ich sagen. Und alle sehr gleichförmig. Wir wissen um Qualitätskontrolle hier draußen auf der Ranch.

Ranch, sagte Roy. Sieht nach einem ziemlich kleinen Hof aus.

Die Herden sind weiter hinten auf der Insel.

Klar, sagte Roy. Ich mach Essen. Er nahm den Fisch vorne beim Wasser aus, die Innereien blieben knapp unter der Oberfläche an Felsen hängen und schwappten mit den kleinen Wellen vor und zurück. Sie sahen aus wie Aliens. Eins sah aus, als hätte es Augen.

Er schürte den Ofen, legte die Fische in eine Pfanne mit Butter und Pfeffer und ging wieder auf die Veranda. Er fühlte sich wie ein Pionier, fühlte sich so gut, dass er nach hinten zu seinem Vater ging und ihm zusah und plauderte, bis er meinte, dass das Feuer heiß genug war, hineinging, die Kohlen umschichtete und den Fisch briet.

Auf der Veranda aßen sie die Saiblinge mit Sauerteigbrot, Salat und Dressing.

Genieß den Salat, sagte sein Vater. Der hält nicht länger als eine Woche, und dann haben wir nur noch Dosengemüse.

Pflanzen wir was an?

Könnten wir machen, sagte sein Vater. Dazu bräuchten wir allerdings Samen. Daran habe ich nicht gedacht. Wir können Tom bitten, uns beim nächsten Besuch welche mitzubringen.

Bestellen wir per Funk?

Sein Vater nickte. Wir sollten es sowieso mal ausprobieren. Abends ist die beste Zeit, also schließen wir ihn nach dem Essen an.

Sie betrachteten die sich senkende Sonne. Sie war so langsam, dass sie keine Bewegung wahrnehmen konnten, aber sie sahen, wie sich das Licht auf dem Wasser veränderte und auf den Bäumen, wie die Schatten hinter jedem Blatt und jeder Kräuselung im schrägen Licht die Welt dreidimensional machten, als betrachteten sie Bäume durch einen View-Master.

Sie stellten ihr Geschirr in die Spüle und holten das Funkgerät ins große Zimmer, in die hintere Ecke. Sein Vater klemmte es an zwei große Batterien und erinnerte sich dann an die Antenne.

Die muss aufs Dach, sagte er. Sie gingen raus, befanden das Vorhaben schließlich für zu groß und beschlossen, bis zum nächsten Tag zu warten.

In der Nacht, später, weinte sein Vater wieder. Er sprach mit sich selbst in einem Flüsterton, der wie ein Wimmern klang, wenn er weinte, und Roy konnte nicht verstehen, was sein Vater sagte, oder sich vorstellen, was das für ein Schmerz sein oder woher er kommen sollte. Was sein Vater zu sich selbst sagte, brachte ihn nur noch heftiger zum Weinen, als würde er sich selbst antreiben. Er verstummte, erzählte sich noch etwas und fing wieder an zu wimmern und zu schluchzen. Roy wollte das nicht hören. Es ängstigte und lähmte ihn, und er konnte es unmöglich zum Ausdruck bringen, jetzt oder tagsüber. Er schlief nicht ein, bis sein Vater schließlich aufhörte und selbst wegsackte.

Am Morgen erinnerte sich Roy an das Weinen, und ihm schien, genau das sollte er nicht. Irgendeiner Vereinbarung zufolge, der er nicht beigewohnt hatte, sollte er es nachts hören und tags nicht nur vergessen, sondern auch irgendwie ungeschehen machen. Allmählich fürchtete er ihre gemeinsamen Nächte, auch wenn es bislang nur zwei gewesen waren.

Sein Vater war am Morgen wieder gut gelaunt, machte Eier und Hash Browns mit Speck. Roy tat so, als wäre er besonders müde, als wachte er nur mühsam auf, denn er wollte nachdenken und war noch nicht bereit, bei der guten Laune und dem Vergessen mitzumachen.

Der Essensduft brachte ihn schließlich auf die Beine, und er fragte, Schließen wir denn heute das Funkgerät an?

Klar, und wir bauen den Holzschuppen und den Räucherofen und vielleicht auch noch ein kleines Sommerhaus?

Roy lachte. Stimmt, da gibt es eine Menge.

Mehr als Eier in einem Lachs.

Sie aßen wieder auf der Veranda, und Roy überlegte, dass es bei schlechtem Wetter schwieriger würde, wenn sie beim Essen in dem kleinen Zimmer hocken mussten. Heute Morgen war es auch schon bedeckt, aber immer noch warm genug nur mit einem Pulli. Er erinnerte sich, dass es in Ketchikan auch die meiste Zeit grau und nieselig gewesen war. Das sah schön aus auf dem Wasser, wie es so grau dahinschmolz, das Meer schwerer als alles und vollkommen undurchdringlich, und wie Lachs und Heilbutt daraus hervorkamen.

Nach dem Frühstück machten sie sich daran, die Antenne zu installieren, fanden aber keinen Zugang zum Dach. Sie hatten keine Leiter, und es gab keine Dachkante, keinen Halt, keine Balken und keine Mauern zum Gegenstemmen. Sein Vater trat von der Hütte zurück und ging einige Male um sie herum.

Tja, sagte er, ohne Leiter kommen wir da wohl nicht rauf. Und selbst wenn wir eine hätten, wüsste ich nicht, wie weit die uns bringen würde.

Also banden sie die Antenne entlang der Dachkante fest. Die Antenne stellte sich ohnehin bloß als langes Kabel an einer Spule heraus, insofern war es eine gute Lösung. Als aber sein Vater das Radio einschaltete, bekamen sie keinen klaren Empfang. Bloß Rauschen und Ticken und komische verzerrte Laute, die Roy an einen alten Sciencefiction erinnerten, an Schwarzweißfernsehen, Ultraman und Flash Gordon. Und das sollte ihr einziger Kontakt zur Außenwelt sein.

Kriegen wir das denn überhaupt hin?, fragte Roy.

Ich arbeite dran, sagte sein Vater ungeduldig. Jetzt warte erst mal ab.

Da verändert sich irgendwie gar nichts, sagte Roy nach weiteren verzerrten Minuten.

Sein Vater drehte sich um und sah ihn schmallippig an. Mach mal eine Weile was anderes, ja? Du kannst die Schindeln sägen.

Roy ging hinters Haus, sah die Schindeln an und nahm eine in Angriff, aber ihm war nicht danach, also suchte er sich einen Zweig mit einer Krümmung von fünfundvierzig Grad. Er sägte etwa acht Zentimeter von beiden Enden ab und machte sich daran, mit seinem Taschenmesser ein Wurfholz daraus zu schnitzen. Er fragte sich, ob es hier oben wohl Kaninchen und Eichhörnchen gab. Er konnte sich nicht mehr erinnern. Er würde auch noch einen Fischspeer machen und Pfeil und Bogen und eine Streitaxt.

Er feilte an dem Wurfholz, glättete die Seiten und rundete die Enden, bis sein Vater kam und sagte, Ich kriege das verdammte Ding nicht hin, dann Roy ansah, und stutzte. Was ist das?

Ich mache ein Wurfholz.

Ein Wurfholz? Sein Vater wandte sich ab und drehte sich wieder um. Okay. Schön. Egal. Weißt du, ich kriege hier sowieso zu viel, und eigentlich war der Sinn doch, zu entspannen und eine andere Lebensform zu finden, also schön. Brechen wir hier ab und machen eine Pause.

Er sah Roy an, der sich fragte, ob sein Vater wirklich mit ihm redete.

Lass uns wandern gehen, sagte er. Hol dein Gewehr und die Patronen. Heute sehen wir uns mal um.

Roy sagte nichts, weil das Vorhaben zu wacklig wirkte. Er war sich nicht sicher, ob der Plan nicht in ein paar Minuten wieder umgeworfen wurde. Aber sein Vater ging rein und nahm, als Roy ihm folgte, gerade sein Gewehr aus dem Futteral, da holte Roy seins, steckte sich ein paar Patronen in die Tasche und nahm Hut und Jacke.

Nimm lieber auch die Feldflasche mit, sagte sein Vater.

Als sie loszogen, war es noch nicht Mittag. Sie gingen in den Hemlockwald und nahmen einen Wildpfad hügelauf und hügelab, bis sie am Fuß des Berges zu Fichten und Zedern gelangten. Als sich der Wildpfad verlief, wanderten sie über Heidelbeeren und andere Zwergsträucher, bemüht, im Unterholz nicht den Halt zu verlieren. Der Boden war uneben, schwammig und voller Löcher. Sie kamen wieder an Hemlocks vorbei und blieben stehen, um einen Blick über die Bucht zu werfen. Sie waren außer Atem, bestimmt schon zweihundert Meter über ihrer Hütte und der Berg über ihnen war so steil, dass sie den Gipfel nicht sehen konnten, nur seine gebogene Flanke. Die Hütte unter ihnen sah sehr klein aus und unfassbar.

Die anderen Inseln, sagte sein Vater. Von hier kann man die viel besser sehen.

Wo ist das Festland?

Weit hinter uns, über die ganze Prince of Wales und noch ein paar Inseln hinweg, glaube ich. Im Osten. Das ist was, von dem wir wenig mitkriegen, Sonnenaufgang. Bis zum Vormittag liegen wir im Schatten.

Sie blieben noch eine Weile bei ihrer Aussicht, dann nahmen sie die Gewehre und kletterten weiter. Kleine Wildblumen wurden unter ihren Füßen und Händen zerdrückt, Moos und die Heidelbeeren, die noch gar nicht reif waren, und die ein oder anderen Gräser. Tiere waren keine zu sehen, doch dann entdeckte Roy ein Streifenhörnchen auf einem Felsen.

Moment, Dad, sagte er, und sein Vater drehte sich um. Roy holte aus und schleuderte sein Wurfholz. Es verfehlte das Streifenhörnchen um etwa drei Meter, kam mehrmals auf und blieb etwa zwanzig Meter weiter unten liegen.

Ach Mann, sagte er, ließ sein Gewehr liegen, holte sein Wurfholz und kam wieder zurück.

Darauf können wir wohl erst mal nicht bauen, sagte sein Vater.

Je höher sie kamen, desto mehr Wind hörten sie, und ein paar Vögel schwirrten vorbei. Sie hatten noch immer keinen Pfad.

Wo gehen wir eigentlich hin?, fragte Roy.

Sein Vater wanderte noch eine Weile weiter und sagte schließlich, Würde sagen, einfach mal nach oben und dann umschauen.

Oben jedoch kamen sie an die Wolkengrenze. Sie blieben

stehen und sahen hinab. Rundherum war es bedeckt, keine Helligkeit, aber immerhin waren die niederen Regionen frei von Nebel und Wolken und wärmer. Hier an der Kante kamen große Wolkenfächer herunter und wurden vorbeigeblasen. Darüber nur noch wenige schwache Umrisse, und dann war alles dicht. Der Wind war hier stärker, die Luft feucht und viel kälter.

Tja, sagte sein Vater.

Ich weiß nicht, sagte Roy.

Aber sie gingen weiter in die Wolken und die Kälte, und noch immer kein Pfad. Roy versuchte im Vorbeigehen, aus den schwachen Schemen um sie herum Bär und Wolf und Vielfraß zu erkennen. Die Wolke schloss seinen Vater und ihn in eine Geräuschkapsel ein, sodass er seinen eigenen Atem und das Blut in seinen Schläfen hörte, als pochte es außerhalb, und das verstärkte noch sein Gefühl, beobachtet, ja gejagt zu werden. Die Schritte seines Vaters vor ihm klangen ohrenbetäubend. Angst breitete sich in ihm aus, bis er in kleinen Zügen die Luft anhielt und nicht mehr darum bitten konnte, umzukehren.

Sein Vater marschierte weiter, ohne sich umzudrehen. Sie passierten die Baumgrenze und das dichtere Unterholz und traten auf dünneres Moos, stoppelkurzes hartes Gras und die gelegentliche kleine Wildblume, die bleich daraus hervorspitzte. Sie liefen über kleine Felsplacken und dann fast nur noch Fels und kletterten steilere Steinhügel hinauf, eine Hand am Boden, die andere am Gewehr, bis sein Vater anhielt und sie anscheinend ganz oben standen und nichts sahen als blasse Umrisse, die sich fünf Meter weiter unter ihnen auflösten, als endete die Welt ringsum am Kliff, als wäre weiter oben nichts mehr zu finden. Sie standen lange dort, so lange, bis Roys Atem ruhiger wurde und die Hitze aus ihm wich und er die Kälte am Rücken und in den Beinen spürte, so lange, dass das Blut nicht mehr in den Ohren rauschte und er den Wind hörte, der über die Gipfel strich. Es war kalt, aber irgendwie tröstlich in seiner Abgeschlossenheit. Das Grau war überall, und sie gehörten zu ihm.

Kein toller Ausblick, sagte sein Vater und drehte sich um, und sie gingen hinunter, woher sie gekommen waren, und sprachen nicht weiter, bis sie aus den Wolken heraus waren.

Sein Vater blickte über den tiefen Sattel zum nächsten Bergrücken und dann auf das, was sie hinter dem Sattel sehen konnten, mehr Berge, ungewiss im Grau. Vielleicht sollten wir einfach wieder runtergehen, sagte er. Es ist nicht sehr warm und nicht sehr klar, und viele Pfade scheint es auch nicht zu geben.

Roy nickte, und sie setzten ihren Weg durchs Gestrüpp fort, zum Wäldchen am Fuß des Berges, über den Wildpfad bis zu ihrer Hütte.

Etwas stimmte nicht, als sie dort ankamen. Die Haustür hing schief an einer Angel, und auf der Veranda lag Müll.

Herrgott, sagte sein Vater, sie trabten los und wurden langsamer, je näher sie der Hütte kamen.

Sieht nach Bären aus, sagte sein Vater. Was da rumliegt, ist unser Essen.

Roy sah zerfetzte Mülltüten mit Dauerkonserven, die sich zur Tür hinaus, über die Veranda und das Gras verteilten.

Womöglich sind sie noch da drinnen, sagte sein Vater. Patrone einlegen und entsichern, aber verlier nicht die Nerven, und halt den Lauf nach unten. Okay?

Okay.

Sie legten Patronen ein und gingen langsam auf die Hütte zu, bis sein Vater hinaufstieg und an die Wand hämmerte und brüllte und wartete und keine Regung kam und kein Laut.

Scheinen nicht mehr hier zu sein, sagte er, aber man kann nie wissen. Er ging auf die Veranda, schob mit dem Lauf die kaputte Tür zurück und versuchte hineinzuspähen. Da ist dunkel, sagte er. Und Bären sind dunkel. Scheiße. Aber schließlich ging er hinein und trat schnell wieder heraus und dann langsam wieder hinein. Roy hörte nichts, so sehr raste in ihm das Blut. Er malte sich aus, wie sein Vater aus der Tür geschleudert würde, das Gewehr aus der Hand geschlagen, der Bär hinterher, und Roy dem Bären ins Auge und dann in den offenen Mund schießen müsste, perfekte Schüsse, so, wie sein Vater ihn zu zielen gelehrt hatte, wenn er mit einer .30-30 Winchester einen Bären töten wollte.

Sein Vater kam aber unbeschadet wieder heraus und sagte, der Bär sei weg. Er hat alles zerfetzt, sagte er.

Roy sah sich im Haus um, seine Augen brauchten ein paar Minuten, aber dann sah er das zerfetzte Bettzeug und das Essen überall und das zerlegte Funkgerät und Teile des Ofens. Alles kaputt. Er sah nichts, was noch ganz war, und ihm entging nicht, dass sie eine sehr lange Zeit nur dies zum Leben hatten. Sie konnten auch niemanden anrufen, und sie hatten keinen anderen Platz zum Schlafen.

Ich geh hinterher, sagte sein Vater.

Was?

Es bringt nichts, alles aufzuräumen, wenn er noch da draußen ist und es einfach wieder machen kann. Und sicher ist das für uns vielleicht auch nicht. Vielleicht kommt er nachts zurück und will noch mehr fressen.

Aber es ist spät, und er könnte sonstwo sein, und wir müssen essen und überlegen, wo wir schlafen und ... Roy wusste nicht weiter. Sein Vater redete Unsinn.

Du kannst hierbleiben und aufräumen, sagte sein Vater. Und ich bin zurück, wenn ich den Bären erledigt habe.

Ich soll alleine hierbleiben?

Das wird schon. Du hast dein Gewehr, und sowieso bin ich ja hinter dem Bären her.

Das gefällt mir nicht, sagte Roy.

Mir auch nicht. Und sein Vater machte sich auf. Roy stand auf der Veranda, sah ihn den Pfad hinaufgehen und konnte es nicht fassen. Er hatte Angst und fing laut zu reden an: Wie kannst du mich einfach so alleine lassen? Ich habe nichts zu essen, und ich weiß nicht, wann du zurückkommst.

Er wurde panisch. So lief er ums Haus herum und wollte seine Mutter und seine Schwester und seine Freunde und alles, was er zurückgelassen hatte, bis er so sehr fror und so großen Hunger hatte, dass er hineinging und die Schlafsäcke untersuchte, um zu sehen, ob noch irgendetwas zu gebrauchen war.

Der Schlafsack seines Vaters war noch ganz in Ordnung. Er hatte nur ein paar kleine Risse. Seiner aber war als eine Art Spielzeug benutzt worden. Die obere Hälfte war zerpflückt und das Futter im ganzen Zimmer verstreut. Die untere Hälfte konnte er wohl noch benutzen, dachte er, aber der Rest ließ sich unmöglich flicken.

Die Vorräte waren beinahe vollständig dahin. Einige Säcke Mehl und Zucker und Salz waren noch heil, aber nur einige, und der braune Zucker zum Räuchern war vollständig aufgefressen. Es gab noch ein paar Dosen, die nur eingebeult waren, die meisten waren durchlöchert.

Roy setzte die heruntergewischten Teile des Ofens wieder zusammen. Er machte ein Feuer, füllte die einzigen beiden ungeöffneten Dosen Chili in einen Topf, der nicht allzu verbeult war, wärmte das Chili, setzte sich auf die Veranda und wartete auf seinen Vater.

Als es dunkel wurde und sein Vater noch immer nicht da

war, machte Roy erneut das Chili warm und aß es auf, beide Dosen, weil er nicht aufhören konnte. Ich habe dein Chili gegessen, entschuldigte er sich laut, als könnte sein Vater ihn hören.

Roy blieb die Nacht über auf, im Schlafsack seines Vaters auf der Veranda mit der Flinte auf den Knien, und sein Vater kam noch immer nicht zurück. Als der Morgen anbrach, hatte er nicht geschlafen und war hungrig und geschafft und durchgefroren von seiner Nacht auf der Veranda und ging hinein.

Das Funkgerät hatte nicht allzu viel abbekommen. Da hatte bloß jemand drauf gesessen, so sah es jedenfalls aus. Aber vielleicht funktionierte es trotzdem nicht mehr. Roy konnte das nicht beurteilen. Er wollte so gern irgendwas tun, irgendwas Sinnvolles, aber er kannte sich mit dem Funkgerät einfach nicht aus. Also ging er wieder raus, in seinen Stiefeln und seiner warmen Jacke, mit Hut und Handschuhen, was alles noch in Ordnung war, und sägte Schindeln. Das Gewehr, geladen und entsichert, behielt er bei sich, und er sägte und dachte ein paar Mal daran, in die Luft zu feuern. Dann würde sein Vater kommen, aber er wäre auch böse, weil er umsonst geschossen hatte. Er wollte einfach, dass sein Vater zurückkam. Das alles gefiel ihm überhaupt nicht. Er hatte keine Ahnung, was er tun sollte.

Bis zum Nachmittag hatte er bloß ein paar Schindeln gesägt und eine Blase am Daumen. Die Schindeln waren unglaublich schwierig. Irgendwas machten sie falsch. Sein Vater war nicht zurückgekommen, und er hatte keine Schüsse gehört, also schrieb er eine Nachricht, Bin dich suchen gegangen. Bin in ein paar Stunden zurück. Bin am Nachmittag los.

Er nahm denselben Weg wie sein Vater, doch schnell wurde ihm klar, dass er keine Ahnung hatte, wohin. Er sah auf den Boden und entdeckte schwache Spuren ihrer gestrigen Wanderung. Gelegentlich einen Stiefelabdruck, aber zumeist nur zertretene Erde und plattes Gras. Trotzdem folgte er dieser Spur bis zum Fuß des Berges, in dieser schwammigen Masse konnte man unmöglich Fußstapfen erkennen, und er hatte keine Spur gesehen, die vom Hauptpfad abwich, da setzte er sich an den Berg und versuchte nachzudenken.

Sein Vater hatte ihm überhaupt keine Anhaltspunkte hinterlassen. Er hatte nicht gesagt, wohin er ging oder wie lange. Also saß Roy da und weinte, und dann ging er zur Hütte zurück. Er zerriss die Nachricht, setzte sich auf die Veranda mit Blick aufs Wasser, aß ein bisschen Brot mit Erdnussbutter und kratzte etwas Marmelade vom Felsen unter der Veranda, wo das Glas zerschellt war. Ameisen und anderes Getier hatten sich über das meiste hergemacht, aber er schöpfte fast einen Löffel ab, der einigermaßen passabel aussah. Er ging zurück auf die Veranda, aß, betrachtete den Sonnenuntergang und wartete.

Sein Vater kam kurz nach Einbruch der Dunkelheit zurück. Roy hörte ihn den Pfad herunterkommen und rief, Dad?

Ja, antwortete sein Vater leise und trat auf die Veranda und stampfte seine Stiefel ab und sah auf Roy hinunter, der sein Gewehr über den Knien liegen hatte.

Hab ihn erwischt, sagte er.

Wen?

Ich hab den Bären erwischt, oben in einem Tal etwa zwei Berge weiter. Heute Morgen. Hast du die Schüsse gehört?

Nein.

Na ja, ist ja ein ganz schönes Stück.

Wo ist er?, fragte Roy.

Immer noch da. Ich konnte ihn nicht schleppen. Und mein Messer hatte ich auch nicht dabei. Nur das Gewehr. Aber jetzt habe ich ganz schön Hunger. Ist noch irgendwas zu essen da? Hast du Fische gefangen?

Roy hatte nicht ans Fischen gedacht. Da ist noch was übrig, sagte er. Ich mach dir was warm.

Das wäre toll.

Roy ging hinein, um eine Dose Hühnercremesuppe zu erhitzen, ihre letzte, mit einer Dose Mais und einer Dose Brechbohnen. Sein Vater hatte die Taschenlampe herausgeholt und machte sich an der Lampe zu schaffen. Er muss das Petroleum gerochen und das Ding umgestoßen haben, sagte er.

Als das Essen warm war, funktionierte die Lampe, und sie konnten wieder etwas sehen.

Wie hat er ausgesehen?, fragte Roy, als er ihr Essen auf den Boden stellte.

Wer?

Wie hat er ausgesehen, der Bär?

Einfach ein Schwarzbär, nicht sehr groß, ein kleines Männchen. Heute Vormittag habe ich ihn unter mir gesehen, wie er im Gebüsch rumstöberte. Mit dem ersten Schuss habe ich ihn in den Rücken getroffen, und das hat ihn umgeworfen, aber dann hat er wie wild um sich geschlagen und gebrüllt. Mein zweiter Schuss hat ihn oben am Hals getroffen, und das hat ihn getötet.

Himmel, sagte Roy.

Das war schon was, sagte sein Vater. Nächstes Mal müssen wir einen häuten und salzen und das Fleisch trocknen. Ist eigentlich noch Salz übrig?

Ja, einen Sack haben wir noch.

Gut. Wir können auch einfach Salzwasser in einem Topf

verdampfen lassen, an einem sonnigen Tag, was etwa zwei Mal alle Million Jahre vorkommt.

Ha, sagte Roy, aber sein Vater sah nicht von seinem Essen auf. Er wirkte sehr müde. Roy war auch müde. An dem Abend schlief er praktisch auf der Stelle ein.

Im Traum hackte er Fische in kleine Stücke, und jedes Stück hatte ein kleines Paar Augen, und während er hackte, ertönte ein Stöhnen, das immer lauter wurde. Es kam nicht direkt von den Fischstücken oder den Augen, aber sie sahen ihn an und warteten ab, was er tat.

Roy wachte davon auf, dass sein Vater in der Hütte herumräumte, saubermachte und aussortierte. Er gähnte, streckte sich und zog seine Stiefel an.

Dieser Bär hat uns ganz schön ausgenommen, sagte sein Vater.

Ich muss meinen Schlafsack in Ordnung bringen, sagte Roy. Er hatte in der unteren Hälfte geschlafen, vollständig angezogen mitsamt Jacke und Hut und einer kleinen Decke, die ihm sein Vater übergeworfen hatte.

Ja, das und das Funkgerät und die Tür und mein Regenzeug und unser Essen. Das müssen wir alles gleich in Ordnung bringen.

Roy antwortete nicht.

Tut mir leid, sagte sein Vater. Mich macht das hier einfach ein bisschen fertig. Er hat viel von unseren Vorräten vernichtet, und einiges wäre gestern noch zu retten gewesen, aber jetzt ist das Ungeziefer dran, und wir müssen alles wegschmeißen. Wir haben Tiefkühlbeutel, weißt du, in die du was hättest reinstecken können.

Tut mir leid.

Schon gut. Hilf mir jetzt einfach beim Aussortieren.

Sie sortierten weiter, und was sie wegschmeißen mussten, trugen sie in einem Müllsack hundert Meter weit, um es zu vergraben.

Wenn noch ein Bär kommt, riecht er das hier zuerst und buddelt es aus, und dann können wir ihn erschießen, bevor er zu uns in die Hütte kommt.

Roy war nur mäßig begeistert von der Vorstellung, noch mehr Bären zu erschießen. Schon der letzte erschien ihm eine Verschwendung. Glaubst du, der Bär, den du erwischt hast, war der Bär, der hier war?, fragte er.

Sein Vater hörte kurz auf zu schaufeln. Klar. Ich bin ihm doch gefolgt. Aber es könnte wohl auch ein anderer gewesen sein. Ich habe seine Fährte ein paarmal verloren und musste sie erst wieder aufnehmen, und es ist schon etwas komisch, dass dieser Bär so weit von zu Hause weg war. Wir sollten auf jeden Fall die Augen offen halten.

Roy beschloss, keinen Bären zu erschießen, der sie nicht angriff, schon gar nicht, wenn sie ihn nicht häuteten und aßen. Wie laut hat er gebrüllt, als du auf ihn geschossen hast?

So was fragt man nicht.

Als sie das verdorbene Essen vergraben hatten, ging sein Vater zur Hütte zurück und stellte die Schaufel rein. Dann standen sie auf der Veranda und blickten aufs Wasser, das ruhig war und grau.

Wir müssen irgendwie unsere Versorgung klarkriegen, sagte er. Du kannst schon mal angeln gehen, und ich arbeite am Räucherofen. Den Holzunterstand brauchen wir auch, und wir müssen Holz hacken, aber ich schaffe nicht alles auf einmal, und erst mal brauchen wir was zu essen. Wenn du was fängst, nimm die Eier raus und häng noch ein paar Schnüre unten dran mit den Eiern. Mach die Schnüre einfach an irgendwas fest, und dann lassen wir sie rund um die Uhr da hängen.

Roy ging wieder zur Landspitze und warf die Angel aus. Eine ganze Weile fing er gar nichts. Anfangs starrte er beim Angeln aufs Wasser mit dem Gefühl, dass jeden Moment ein Fisch käme, als könnte er ihn ans Ende seiner Schnur wünschen, dann aber blickte er über den Kanal zu den Inseln. Weiter draußen tanzten ein paar Schaumkronen, und in der Ferne, am Horizont, fuhr ein Fischerboot vorbei. Es war weit weg, aber Roy konnte den gekrümmten Bug sehen und bildete sich sogar ein, den Ausleger erkennen zu können, aber das war eben nur Einbildung. Und dann verlor er sich wieder in Tagträumen, wie er vom Strand aus ihre Seenotfackel abschießen müsste, um das Boot auf sich aufmerksam zu machen, weil sein Vater von einem Bären zerfleischt und halb gefressen worden war, und dann biss ein Fisch an, und er zog ihn an Land, ließ ihn schnell, mit wackelndem Kopf übers Wasser hüpfen, denn es war nur ein kleiner Saibling. Er holte ihn zu sich auf den Felsen und hätte ihn normalerweise wieder reingeworfen, so klein war er, doch inzwischen brauchten sie alles, was sie kriegen konnten, darum zertrümmerte er ihm den Kopf und schlitzte ihn vom Arschloch bis zum Schlund auf, um zu sehen, ob er Eier hatte. Hatte er zum Glück, wenn auch sehr kleine und nicht sehr viele. Er schnitt sie heraus, ließ den Fisch und die Rute liegen und ging in Richtung Hütte, um die Grundschnüre auszulegen, aber dann hörte er den Flügelschlag und fuhr herum und rannte zurück, allerdings nicht schnell genug. Der Adler hatte den Fisch bereits in den Krallen und erhob sich mit seinen großen braunen Schwingen, bevor Roy ihn erreichen konnte. Er nahm einen Stein und schleuderte ihn nach dem Adler, damit er den Fisch fallen ließ, verfehlte ihn jedoch um Längen, und der Adler trudelte über die Bucht zu einem Baum auf der Landspitze und ließ sich nieder, saß da und beäugte Roy, während er den Fisch verspeiste.

Roy wollte schon zur Flinte greifen, doch so wütend er war, so dringend sie etwas zu essen brauchten und so groß seine Angst davor war, was sein Vater zu dem Fischverlust sagen würde, wollte er nicht daran denken, einen Weißkopfseeadler zu erschießen.

Er holte eine zusätzliche Spule und Haken aus der Hütte, um die Grundschnüre auszulegen.

Was gefangen?, rief sein Vater von hinten.

Ja, ich hab die Eier für die Schnüre, aber es war nur ein kleiner Fisch, und als ich mich umgedreht habe, hat der Adler ihn geschnappt.

Scheiße.

Ja.

Na ja, fang noch einen.

Das habe ich vor.

Roy knüpfte das Angelblei an die Grundschnüre und warf sie von Hand aus. Er hoffte, das Wasser wäre tief genug. Er legte zwei gleich vor der Hütte aus und band sie an Wurzeln fest, dann ging er wieder zur Spitze, warf eine Schnur in die Mündung, wo er zuvor geangelt hatte, und spulte sie zurück bis zu einem Baum, um sie anzubinden. Der Adler saß immer noch hoch oben und beobachtete ihn.

Dann nahm Roy seine Angel und ging weiter die Küste hinunter, über eine halbe Meile umständlich über Felsen und hin und wieder in den Wald hinauf, um zur nächsten kleinen Bucht zu gelangen. Als er hier auswarf, biss gleich etwas Größeres an. Es zog seitlich an der Schnur in Richtung Meer, und die Kurbel sirrte, bis Roy begriff, dass er die Spulenbremse zu locker eingestellt hatte; er drehte sie fester, der Fisch zog immer noch, aber Roy konnte ihn jetzt problemlos einholen. Zweimal sprang er vor dem Strand kurz auf, zwei Drehungen in der Luft mit zurückgeworfenem Kopf, im Bemühen, sich loszureißen. Es war ein junger Rosa Lachs, ganz silbrig und frisch. Roy ging rückwärts mit erhobener Rutenspitze, um ihn glatt hochzuziehen, schnell zu sich an den steinigen Strand. Er hüpfte wild und spuckte den Haken aus, aber jetzt war er zu weit an Land, und Roy packte ihn rasch bei den Kiemen und warf ihn noch weiter den Strand hinauf, wo er japsend und mit wildem Blick liegen blieb, sich nach dreimaligem Schlag auf den Kopf zitternd und blutig aufbäumte und schließlich platt liegen blieb. Die Muskeln zuckten noch alle paar Sekunden, aber er war tot.

Roy barg ihn unter einem kleinen Steinhügel, um ihn vom Adler fernzuhalten, und warf die Schnur wieder aus. Binnen weniger Stunden hatte er sechs Rosa Lachse und einen Saibling gefangen. Er fädelte sie auf eine mitgebrachte Nylonschnur, band Trageschlaufen an die Enden und wanderte langsam, mit gelegentlichen Verschnaufpausen zur Hütte zurück.

Wie hübsch, sagte sein Vater, als er ihn kommen sah. Sehr hübsch.

Ich bin in die nächste Bucht. Da fischt es sich viel besser.

Das glaube ich, sagte sein Vater und nahm ihm den Strang Fische ab, um sie zu begutachten. Frische Rosas, sagte er. Und der Räucherofen wird auch allmählich, dann schneidest du die hier am besten in Streifen, wenn du sie gesäubert hast.

Als Roy die Fische gesäubert und zum Räuchern in Streifen geschnitten hatte, wurde es spät. Er hatte alle Stücke gründlich gewaschen, sie im Eimer reingetragen und mit Salz und ein bisschen Zucker die Lake angerührt. Eigentlich sollten sie für die Lake braunen Zucker verwenden, aber den hatte der

Bär gefressen oder verstreut. Dann ging er nach hinten zu seinem Vater.

Wie sieht's aus?, fragte Roy.

So gut wie fertig.

Roy konnte es schlecht erkennen, aber der Ofen sah aus, als hätte er vier Wände und ein Dach und ein Loch unten für die Räucherspäne. Hat er auch Roste?, fragte er.

Ich habe Roste mitgebracht, sagte sein Vater. Und eine Wanne für den Boden mit zwei Fächern, einem für heiße Kohlen und einem für die Räucherspäne. Ich weiß gar nicht, wie ich es ohne diese Sachen hätte hinkriegen sollen.

Räuchern wir sie jetzt?

Wir lassen sie über Nacht in der Lake und fangen morgen früh damit an. Das ist jetzt einfach zu viel Arbeit, die Räucherspäne zu beaufsichtigen und alles, zumal wir gar nicht wissen, ob das Ding überhaupt funktioniert. Brat uns doch die Stücke, die du draußen gelassen hast, und ich mach hier fertig.

Roy briet die beiden großen Filetstücke in einer Pfanne mit Öl, weil sie keine Butter mehr hatten, und als sein Vater reinkam, war er müde und sagte nicht viel und aß seinen Fisch und blickte dabei auf seinen Teller. Roy fühlte sich seinem Vater nicht näher als in den gelegentlichen gemeinsamen Ferien, und er fragte sich, ob sich das überhaupt noch ändern würde.

Guter Fisch, sagte sein Vater schließlich. Lachs ist einfach unschlagbar. Und dann wuschen sie zusammen ab und gingen schlafen.

Tief in der Nacht, nachdem Roy eingeschlafen und vor Kälte wieder aufgewacht war, sprach sein Vater ihn an.

Roy?, sagte er. Hörst du mich?

Ja. Ich bin jetzt wach.

Ich weiß nicht, wie ich so geworden bin. Ich fühl mich so mies. Tagsüber geht es, aber nachts holt es mich ein. Und dann weiß ich nicht, was ich machen soll, sagte sein Vater, und darauf fing er wieder zu wimmern an. Es tut mir leid, Roy, ich gebe mir wirklich Mühe. Ich weiß nur nicht, ob ich durchhalte.

Roy hatte jetzt das Gefühl, als würde er selbst gleich weinen, und das wollte er auf keinen Fall.

Roy?

Ja, ich bin hier. Tut mir leid, Dad. Ich hoffe, es geht dir bald besser.

Sein Vater machte ein schreckliches Schluckgeräusch und sagte, Danke. Und dann lagen sie da und lauschten dem rauen Atem des anderen, bis es Morgen wurde und Roy sich erinnerte und den Ofen roch und die Wärme spürte, die von ihm ausging.

Sein Vater war schon hinterm Haus und legte den Fisch in den Räucherofen. Hey, mein Sohn, sagte er. Sieht aus, als würde das ziemlich gut werden. Er hob die Augenbrauen und lächelte Roy an. Dann öffnete er die Klappe, und Roy sah hinein.

Die Fischstücke lagen dort alle ausgebreitet, und das rosa Fleisch glänzte bereits von der Lake, was gut war.

Muss jetzt nur noch die Wanne holen, sagte sein Vater. Ich hab die Kohlen schon im Ofen.

Sie gingen rein, und er holte die Kohlen mit Zangen heraus, die er zu diesem Zweck mitgebracht hatte, und legte sie in die Wanne, setzte dann einen kleinen Rost darauf, der in die Wanne passte, und schüttete eine große Handvoll Räucherspäne obendrauf. Das wird lecker, sagte er.

Sie gingen wieder raus, und er schob die Wanne durch die kleine Klappe unten und prüfte alle Fugen, sobald sich drinnen Rauch entwickelte. Hier und da entwich etwas, aber sein Vater sagte, das sei schon in Ordnung, und für Roy sah es ziemlich gut aus. Es sah so aus, als würden sie Räucherlachs essen und Dörrfisch für später übrig haben.

Jetzt brauchen wir Trockenroste, sagte sein Vater. Und es würde nicht schaden, irgendwo ein Depot zu haben, um das alles von den Bären fernzuhalten.

Ein Depot?, fragte Roy.

Ja, um das Essen von den Bären und allem anderen fernzuhalten.

Ist das viel Arbeit?

Schon, ich sag ja nicht, dass wir auf der Stelle eins bauen, ich dachte nur. Jetzt brauchen wir die Roste und den Holzschuppen.

Also arbeiteten sie am Gerüst für den Holzschuppen, der von der Rückwand der Hütte abging, aber ein paar schwere Tropfen gingen auf sie nieder, und als sie in die dunklen Wolken blickten, kam der Regen heftiger herunter, und so liefen sie mit ihren Werkzeugen ums Haus, um nicht klatschnass zu werden.

Sie machten Feuer im Ofen und versuchten, sich mit dem Handtuch etwas abzutrocknen.

Nicht viel Holz übrig, sagte sein Vater. Überhaupt nicht viel. Wir hätten hier ein paar Scheite zum Austrocknen lagern sollen. Wenn der Regen anhält, sind wir gar nicht gut dran.

Sie entzündeten die Petroleumlampe und holten die Karten raus, spielten den restlichen Nachmittag auf dem Boden Rommé und warteten darauf, dass der Regen aufhörte. Sein Vater schien sich nicht sonderlich für das Spiel zu interessieren und blickte gleichermaßen mürrisch, wenn er gewann und wenn er verlor. Regen und Wind peitschten von oben gegen das Dach und gegen die Fenster, und sie konnten kaum hundert Meter weit blicken, so schlecht war die Sicht.

Nach etwa drei Stunden stand sein Vater auf. Ich kann hier nicht einfach rumsitzen, sagte er, ich glaube, ich flicke mein Regenzeug, dann sehe ich nach dem Räucherofen. Wir werden nämlich, ehrlich gesagt, eine Menge Regen kriegen, und wir müssen uns einfach dran gewöhnen, rauszugehen und weiterzuarbeiten.

Sein Regenzeug hatte einige lange Risse vom Bären. Er legte es flach auf den Boden und klebte sie von beiden Seiten ab, dann ging er hinaus, und Roy folgte ihm in Stiefeln und Regenzeug.

Er blieb vor der Hütte stehen und sah übers Wasser, das in einem blassen U vor ihm lag und mit dem Himmel verbunden schien. Es gab überhaupt keine Linie dazwischen, keinen Horizont. Man konnte unmöglich erkennen, wo genau Regen und Nebel auf die Erde trafen, nur dass es sehr nah war, an der Wasserkante. Die Bäume zu beiden Seiten schienen in Fetzen herabzuhängen. Er ging ans Wasser, trat vorsichtig auf die nassen runden Steine und hörte den Regen überall, eine gleichmäßige Rauschwand, die alles andere ausblendete. Es gab auch nur diesen einen Geruch. Selbst wenn es nach Land oder Meer roch, selbst wenn Roy meinte, Farn, Nesseln und Faulholz zu riechen, gehörten diese Gerüche doch irgendwie auch nur zum Regen. Und ihm dämmerte, dass es die meiste Zeit genauso sein würde. Die klaren Tage, die sie erlebt hatten, waren die Ausnahme. Dichter Regen und die darin eingeschlossene Welt, so würde es für sie aussehen. Das würde ihr Zuhause.

Komm hierher, schrie sein Vater, ein gedämpfter Schrei.

Er ging zurück und half mit dem Holzschuppen. Sie nagelten die Pfosten zusammen und merkten dann, dass sie erst das Dach zusammensetzen und aufstellen sollten, weil sie keine Leiter hatten, also holten sie die Pfosten wieder runter. Mit zusammengekniffenem Mund und schmalen Augen arbeitete sein Vater am Holz. Er gab Roy genaue Anweisungen, und Roy hatte das Gefühl, eher im Weg zu sein und eher eine Last als eine Hilfe, als hätte sein Vater ihn bloß hier rausbeordert, damit sie alle beide im Scheißregen standen.

Sein Vater nagelte die Schindeln übereinander fest, und als das Dach fertig war, stellten sie die Pfosten wieder auf, Roy hielt sie, während sein Vater sie oben festnagelte. Als das Dach endlich saß, traten sie zurück und begutachteten es. Es sah vor allem wacklig aus, die Stützen knotig und weich und vom Regen dunkelbraun, die Schindeln darüber nicht alle gleich groß, in leicht unterschiedlichen Winkeln und am Rand zackig abstehend, einige mit Rinde, andere ohne. Es sah nach Pionierarbeit aus, richtig zünftig, bloß nicht so stabil. Es sah aus, als würde es etwas Regen abhalten, aber als sie sich drunterstellten, war das nicht toll. Es hielt die meisten Tropfen von ihren Köpfen fern, sodass sie ihre Kapuzen abnehmen konnten, doch als der Wind reinfegte, wurden sie nass, vor allem an den Beinen.

Na ja, vielleicht können wir noch eine Plastikplane über das Holz legen, sagte sein Vater.

Das klingt gut, sagte Roy. Und ist doch okay, oder, wenn der Stapel bloß unten nass wird?

Nein. Sein Vater sah zum Dach hinauf, das Kinn hart und dunkel unter dem Fünftagebart. Aber besser wird es erst mal nicht. Ich hätte die Schindeln länger machen sollen. Wenn wir unseren Kurzurlaub machen und die nächsten Vorräte holen, bringe ich vielleicht Bauholz mit.

Wann denn?

Immer mit der Ruhe. Das dauert noch gut ein, zwei Monate, und auch nur, wenn das Funkgerät funktioniert, wobei Tom ja wohl mal nach uns sieht, wenn wir uns nicht bald melden. So war es jedenfalls abgemacht.

Ein, zwei Monate erschienen Roy unvorstellbar lang, ein ganzes Leben an einem trostlosen Ort, der nicht sein Zuhause war.

Sie sahen nach dem Lachs, bevor sie reingingen, er war fertig. Einen Rost ließen sie drin zum Durchräuchern, den Rest nahmen sie mit in die Hütte. Sie stellten den Rost auf den Ofen und fingen an zu essen. Außen war der Fisch fest geworden und war süß und salzig, aber das rosa Fleisch war noch feucht und nur leicht angeräuchert. Er war nicht so gut wie mit braunem Zucker, aber immer noch köstlich. Roy aß mit geschlossenen Augen.

Hör auf zu summen, sagte sein Vater.

Hm?

Du summst beim Essen. Das machst du immer, und das macht mich wahnsinnig. Iss einfach.

Also versuchte Roy, nicht zu summen, wobei er überhaupt nicht gewusst hatte, dass er das tat. Er wünschte, er könnte einfach seine Stücke mitnehmen und irgendwo anders alleine essen, ohne sich darum kümmern zu müssen.

Als sie satt waren, hatten sie mindestens ein Drittel der Fische aufgegessen. Den Rest ließ sein Vater abkühlen, und kurz vorm Zubettgehen steckte er sie in Tiefkühlbeutel.

In der Nacht sprach sein Vater wieder zu ihm. Roy sagte sich, Nur ein, zwei Monate noch, dann bin ich weg hier und komme nicht zurück, immer und immer wieder, während sein Vater wimmerte und weinte und Bekenntnisse vor sich hin murmelte. Ich habe deine Mutter betrogen, erzählte er Roy. In Ketchikan, als sie mit deiner Schwester schwanger war. Ich hatte, glaube ich, einfach das Gefühl, dass mir was wegbricht, meine ganze Perspektive, und Gloria blieb immer lange und kam in mein Büro und sah mich so an, und ich konnte einfach nicht anders. Gott, hatte ich ein schlechtes Gewissen. Mir war die ganze Zeit so elend. Aber ich habe weitergemacht. Und die Sache ist, selbst nachdem ich gesehen habe, was das alles anrichtet, was das alles kaputt macht, weiß ich nicht, ob ich es heute anders machen würde, wenn ich die Chance hätte. Die Sache ist, mit mir stimmt was nicht. Ich kann mich einfach nicht richtig benehmen und so sein, wie ich sein sollte. Da sträubt sich irgendwas in mir.

Er fragte Roy nichts, und Roy sagte nichts. Sein Vater redete, und Roy musste zuhören, und das war ihm zuwider, und er dachte an seine Mutter und wie sie und sein Vater sich in Ketchikan immer gestritten hatten, und er wusste nicht, wie er diese neue Situation einordnen sollte. Als sie ihm mitgeteilt hatten, sie würden sich scheiden lassen, hatten sie eine andere Geschichte erzählt, in der sie beide nichts dafür konnten, und als Roy gefragt hatte, ob er helfen könne, hatten sie gesagt, nein, das könne er nicht, so was komme nun mal vor.

Der Regen war beharrlich und ihr Zimmer klein und dunkel. Sein flüsternder, schniefender Vater, der diese komischen, beängstigenden Verzweiflungslaute von sich gab, lag nur eine gute Armeslänge entfernt, und nirgendwo sonst konnte man hin.

Am Morgen aßen sie kalte Flocken mit Milchpulver und machten kein Feuer im Ofen, weil sie Holz sparen mussten. Der Regen fiel weiter, wie am Vortag. Die durchweichten Fensterbänke wurden dunkel, und an den Wänden bildeten sich an mehreren Stellen Tropfen. Sein Vater begutachtete sie nacheinander mit der Taschenlampe und sagte nichts, sondern betastete die Wand dort, wo sie an die Decke traf, blickte höher und fuhr mit dem Lichtkegel langsam jede Latte hoch und jeden Balken entlang.

Roy las ein Buch, eins aus der *Mafia-Killer*-Serie. Besonders interessierte ihn dabei die Frau, die der Mafia-Killer wie immer bekam, und er versuchte sich auszumalen, wie er selbst mit ihr schlief.

Okay, sagte sein Vater. Zeit für das Trockenrost, und nach den Grundschnüren kannst du auch mal sehen.

Roy sah zuerst nach den Schnüren, erleichtert, aus der Hütte zu kommen, weg von seinem Vater. Es regnete immer noch ziemlich heftig. Er war trocken in seinem Regenzeug, aber es war so feuchtkalt, dass es sich nass anfühlte, als wäre er völlig durchgeweicht. An den Schnüren vorne hing nichts, aber an der Landspitze ein toter Saibling, der schon bleich wurde. Roy fragte sich, ob er wohl noch gut war. Er nahm ihn mit ausgestreckten Armen aus, um nicht zu nah dran zu sein, wenn die Innereien verdorben waren und explodierten oder dergleichen, aber er sah in Ordnung aus. Er roch etwas strenger, aber nicht zu streng, und das Fleisch sah gut aus. Es war ein männlicher Fisch mit zwei länglichen Hodensäcken statt Rogen, darum ging er in der Hütte ein paar eingesalzene Rogen holen, band sie mit Mull an den Haken und legte die Schnur wieder aus.

Dann blickte er in den Wald und dachte, es wäre schön zu wichsen, das hatte er schon so lange nicht, aber irgendwie hatte er keine Energie, und alles war nass und kalt und er trug eine Million Lagen übereinander, also ging er einfach zur Hütte zurück.

Sein Vater war nicht da, Roy ging wieder zu den Hemlocks und fand seinen Vater schließlich oben in den Zedern.

Hi, sagte er.

Suche Pfosten für die Roste, sagte sein Vater. Versuche, mindestens zwei Meter lange zu finden. Was gefangen?

Einen kleinen Saibling, der schon tot war. Aber das Fleisch sah gut aus.

Ja, schön. Aber wir brauchen mehr. Vielleicht solltest du einfach weiter fischen, während ich hier baue. Wobei wir dringend Holz brauchen eigentlich.

Da stutzte er, stand einfach da und sah ins Moos. Scheiße, keine Ahnung. Hast du Lust, Holz zu hacken?

Klar, sagte Roy. Und er ging zurück und holte die Axt. Er hatte bisher nur einmal Holz gehackt, zum Spaß. Das hier würde anders werden, sagte ihm sein Gefühl.

Er fing mit den Überbleibseln des Schuppenprojekts an, stellte sie auf und ließ die Axt herabsausen, aber sie rummsten nur und prallten vom Boden ab, und der Keil federte zurück, und beinahe hätte es ihn erwischt, noch bevor er sich daran erinnern konnte, dass er einen Baumstumpf oder etwas Hartes darunter brauchte.

Er sah sich eine Weile um, bis sein Vater zurückkam und fragte, was er da mache. Grollend sah Roy sich an, wie sein Vater ein Stück auf das andere stellte und es in einem Schwung entzweihackte. Er reichte Roy die Axt.

Okay.

Du musst ein bisschen mehr Initiative zeigen.

Okay, sagte Roy, doch als sein Vater sich abwandte, fügte er hinzu, Ich mach schon auch was.

Sein Vater sah ihn an. Nicht schmollen, sagte er. Das ist hier kein Kindergarten.

Dann ging sein Vater, zurück zu den Bäumen, und Roy nahm die Axt und hackte und hasste seinen Vater. Diesen Ort hasste er auch und seinem Vater jede Nacht beim Weinen zuzuhören. Was sollte das eigentlich heißen, Kindergarten?

Und dann hatte er ein schlechtes Gewissen, weil er wusste, dass das nächtliche Weinen etwas anderes war, etwas, das er nicht verharmlosen wollte.

Als er mit den Überbleibseln fertig war, ging er mit der Axt in den Wald, Totholz suchen. Er fand ein paar Stücke, aber die waren zu verfault. Hätte ich wissen können, sagte er laut. Wann kapierst du, wie man so was anpackt? Er ging wieder zur Landspitze und fällte noch einen Baum, entastete und zersägte ihn und schleppte ihn zur Hütte.

Sein Vater arbeitete an den Rosten. Gut gemacht, sagte er. Sieht aus, als würdest du das Holz zusammenkriegen.

Schon.

Du kriegst den Bogen noch raus. Ich auch.

Aber nachts weinte sein Vater wieder, und da schien es Roy, als würde sich überhaupt nichts ändern. Er versuchte zu ignorieren, was sein Vater ihm hinbrabbelte, und versuchte, im Kopf seine eigene Unterhaltung zu führen, aber er konnte seinen Vater nicht ausblenden.

Da waren zwei Prostituierte in Fairbanks, zu denen bin ich hauptsächlich gegangen. Eine, die richtig weiche Haut hatte und kein Schamhaar. Sie war einfach wie ein Mädchen, ganz klein, und hat mich nie angeguckt.

Roy steckte sich die Finger in die Ohren und versuchte, gerade so laut zu summen, dass er seinen Vater ausblenden konnte, ohne gehört zu werden, doch die Bekenntnisse setzten sich fort, und er musste sich alles anhören.

Ich bin immer wieder zu ihnen, ihnen allen, selbst als ich wusste, dass Rhoda es wusste.

Rhoda war Roys Stiefmutter, die zweite Ehe und erst kürzlich abgewickelte zweite Scheidung seines Vaters.

Ich habe Filzläuse gekriegt von einer der Prostituierten. Die habe ich an Rhoda weitergegeben. Weißt du noch, als wir eigentlich Ski fahren wollten damals in Kalifornien und dann nicht gefahren sind?

Das kam unerwartet und überrumpelte Roy. Normalerweise wurden ihm keine Fragen gestellt.

Ja, antwortete er. Er erinnerte sich, wie er aufgewacht war, und es war schon Vormittag, viel zu spät, und etwas stimmte nicht. Er wollte jetzt nicht hören, das alles sei nur passiert, weil sein Vater bei einer Hure gewesen war. Sein Vater hatte ihm damals erzählt, er habe sich die Viecher von der Bank in der YMCA-Umkleide geholt, und Roy hatte es ihm geglaubt, wie alles andere.

Da war sie unglaublich sauer. Sie hat mir überhaupt keine Gelegenheit gegeben, mich zu erklären. Als wenn ich ein Ungeheuer wäre. Als wenn ich sie aufs Kreuz gelegt hätte. Was meinst du? Findest du, dass ich ein Ungeheuer bin? Die Frage wurde begleitet von dem seltsamen Wimmern und Schlucken.

Nein, Dad.

Roys Träume wiederholten sich jetzt. In einem stand er in einem engen Badezimmer und legte rote Handtücher zusammen, während sich immer mehr rote Handtücher aufstapelten und ihn bedrängten, von allen Seiten. In einem anderen saß er in einem Bus, der im Sand feststeckte und einen Hügel hinuntergefegt wurde. In einem weiteren war er an Haken aufgehängt worden und musste sich entscheiden, ob er erschossen werden wollte, was schnell ging, ihn aber umbrachte, oder in eine große Tonne mit Feuerameisen getaucht, was ihn nicht umbringen, aber sehr lange dauern würde.

Morgens war sein Vater immer guter Laune, und Roy verstand das nicht.

Wir kommen zurecht, sagte sein Vater. Wir haben etwas Räucherfisch und ein bisschen Holz, und noch ist Frühsommer.

Eines Tages, als es heftig regnete und Roy vom Plumpsklo zurückkam, stand sein Vater in der Hütte mit gezückter Pistole. Er hielt sie in einer Hand und zielte ins Dach, starrte in die Dunkelheit der Balken und bewegte sich, als hätte er eine große Spinne oder dergleichen im Visier.

Was machst du da?

Geh mir besser aus dem Weg.

Was?

Aus dem Weg. Geh ins andere Zimmer oder so.

Was ist denn?

Aber sein Vater antwortete nicht mehr; er blinzelte und zielte mit der Pistole auf etwas, das sich hoch oben an der Decke zu bewegen schien.

Roy wich ins andere Zimmer zurück und beobachtete seinen Vater von der Tür aus.

Da drückte sein Vater ab, ein ohrenbetäubender Schuss. Roy legte die Hände auf die Ohren, aber sie schmerzten und dröhnten immer weiter. Sein Vater schoss noch einmal an die Decke, die 44er Magnum, eine Riesenpistole, lächerlich, feuerspeiend in der dämmrigen Hütte, erfüllte die Luft mit Schwefel.

Worauf schießt du?, schrie Roy, aber sein Vater feuerte einfach wieder und wieder, warf die Pistole danach auf einen Kleiderhaufen an der Tür und trat mit den Worten in den Regen, Es ist so verdammt eng hier.

Roy ging zur Tür und sah, wie sein Vater dastand und in den Regen blickte und ohne Jacke oder Hut durch und durch nass wurde. Sein Haar klebte am Schädel, und der rote Mund öffnete sich. Die Augen gingen auf und zu und wieder auf. Sein Atem dampfte und sein Hemd auch. Die Arme hingen schlaff herunter, als bliebe nichts mehr übrig, als dazustehen und den Himmel herunterkommen zu lassen.

Roy wartete so lange auf seinen Vater, dass er sich schließlich an den Ofen setzte und durch die Tür einen Streifen grauer Luft und Wasser sah und seinen Vater, klatschnass und völlig neben der Spur. Als er sich endlich in Bewegung setzte, stand Roy auf, doch sein Vater ging in die Wälder und kam erst nach Einbruch der Dunkelheit zurück.

In der Hütte brannte kein Licht, als sein Vater zurückkam, und kein Feuer. Roy saß in seinem Schlafsack am Ofen und hatte Dosen aufgestellt für die Tropfen und Rinnsale, die aus den neuen Löchern in der Decke kamen. Sein Vater trat zu ihm, trug ihn ins Nebenzimmer und beteuerte immer wieder, wie leid es ihm tue, aber Roy stellte sich schlafend und hörte nicht zu und hasste ihn nur und fürchtete ihn.

Als Roy am Morgen aufwachte, war er still. Er nahm sich von dem Räucherlachs und den Crackern, ging raus und setzte sich ohne ein Wort oder einen Blick ans andere Ende der Veranda. Er starrte auf seinen Teller, obwohl er wusste, dass sein Vater ein schlechtes Gewissen hatte und reden wollte.

Sein Vater stand auf und lehnte sich an die Hüttenwand. Als Roy aufblickte, hatte er die Augen geschlossen und ließ sich die Sonne ins Gesicht scheinen.

Roy aß sein Frühstück auf und wartete.

Schöner Tag, sagte sein Vater schließlich. Vielleicht sollten wir wandern gehen.

Roy überlegte.

Und, und was hältst du davon?

Okay.

Okay, dann gehen wir einen Bock jagen. Wir könnten mal was anderes als Lachs vertragen, oder?

Roy brauchte lange, bis er seine Sachen beisammen hatte, aber schließlich waren sie unterwegs, sein Vater führte. Roy wollte nichts klären. Er wollte, dass alles so schlimm wurde, dass sie die Insel verlassen mussten. Er konnte seinem Vater richtig die Hölle heißmachen, das wusste er, indem er einfach nichts sagte und nicht reagierte.

Sie ließen den Wald hinter sich, kletterten in höhere Lagen und schlugen sich durchs Unterholz zu einem Felsaufschluss, von dem sie zwei Berghänge und die Küste und ihre Hütte überblicken konnten. Roy fragte sich, ob sich viel Wild hierher verirrte, so nah an der Hütte, aber wo sie nun mal hier waren, würden sie wohl ihr Glück versuchen.

Wie findest du das?, fragte sein Vater.

Wie finde ich was?

Das alles hier. Den Blick. Hier zu sein. Mit deinem Vater.

Nett.

Da blickte sein Vater über den Kanal und zur Sonnenspiegelung auf dem Wasser. Nirgendwo konnte man hineinsehen, man konnte nur draufstarren. Roy wechselte mehrfach seinen Platz, setzte sich auf einen Stein und ins Unterholz, fand keine Ruhe. Er war nicht auf Wild aus. Er fragte sich, ob sein Vater auf Wild aus war.

Sein Vater legte das Gewehr hin, stand auf, trat zu nah an den Rand des schmalen Kliffs und fiel hinunter. Beinahe sah es aus, als sei er gesprungen. Und dann traf er auf und prallte ab und schlug an Zweige und brach durchs Geäst und purzelte, und dann war er nicht mehr zu sehen, aber Roy hörte ihn, und unter seiner Schädeldecke flimmerte es heiß vor lauter Panik.

Roy packte sein Gewehr und stand auf, aber es gab nichts, was er tun konnte. Sein Vater war bereits durch die Bäume und Büsche gestürzt, schon laut aufgeprallt, und es war vorbei und kein Laut zu hören von da unten. Das Blut rauschte ihm in den Ohren, und er fürchtete, auch noch zu fallen, als würde sein Vater ihn hinabziehen, aber dann rief er nach seinem Vater und legte das Gewehr hin und rannte zurück ins Unterholz, dorthin, wo sie hergekommen waren. Er versuchte, sich schnell durchzuschlagen, aber das Gestrüpp war so dicht und so schneidend, und er hatte Angst, seinen Vater niemals zu finden, der dort einfach verschwinden würde und sterben.

Er schrie weiter beim Laufen, aber es kam keine Antwort. Er schlitterte durch Brennnesseln, dass die Hände brannten, und fiel zwischen Hemlocktannen hinab, landete auf einer Ebene, stand auf, schlug sich weiter durch und suchte nach seinem Vater. Er erreichte in etwa die Stelle, wo er ihn vermutete, sah aber nichts. Er blickte hinauf, suchte zur Orientierung das Kliff, aber der Wald war undurchdringlich, er konnte nichts erkennen. Er weinte und drehte sich im Kreis und riss sich zusammen und blieb stehen und lauschte.

Erst waren es nur der Wind und die Blätter, doch dann hörte er in der Nähe ein Stöhnen und bog das Gestrüpp wenige Meter vor sich auseinander, aber da war nichts. Er schlug sich weiter durch, ging wieder zurück und suchte alles ab. Er konnte das Stöhnen nicht mehr hören, und er fragte sich, ob er es sich vielleicht nur eingebildet hatte. Er fing wieder an zu weinen und konnte nicht anders und suchte weiter. Dann kam ihm die Idee, alles niederzutrampeln, um zu sehen, wo er bereits gewesen war, also stampfte er immer größere Kreise und trat das niedere Dickicht fest, fand aber immer noch nichts.

Es war mindestens schon eine halbe Stunde vergangen, also kletterte er wieder hoch, um vom Kliff aus direkt nach unten zu sehen. Das war auch schwer zu finden, und als er es gefunden hatte, war er sich nicht sicher, ob es das richtige war, aber er suchte darunter und fand schließlich einen abgebrochenen Ast. Von dort arbeitete er sich zu weiteren Ästen vor und zu einer niedergetrampelten Fläche mit Nesseln, Blumen und Moos. Wenige Meter davon fand er seinen Vater.

Sein Vater war reglos und stumm. Er lag eingerollt auf der Seite, einen Arm nach hinten gebogen, und das Auge, das Roy sehen konnte, war geschlossen. Er ging langsam auf ihn zu, hockte sich neben ihn, beugte sich widerwillig hinab und horchte auf seinen Atem, und er meinte, tatsächlich etwas zu hören, konnte es aber nicht von seinem eigenen Atem unterscheiden und sagte sich, dass er vielleicht auch einfach nur was finden wollte. Aber dann beugte er sich näher heran, legte das Ohr an den Mund seines Vater und spürte und hörte dessen Atem, und er sagte, Dad, und dann schrie er, Dad, und versuchte, seinen Vater aufzuwecken. Er wollte ihn schütteln, wusste aber nicht, ob er sollte. Also saß er einfach da und versuchte, seinen Vater wachzureden.

Du bist das Kliff runtergestürzt, sagte er. Du bist da runtergestürzt und hast dich verletzt, aber es geht dir gut. Und jetzt wach auf.

Das Gesicht seines Vaters war geschwollen und lief bereits lila an mit roten Striemen. Seine Hand war von blutigen Schnitten gezeichnet.

O Gott, sagte Roy und wünschte, er wüsste, was zu tun war, oder dass zumindest noch jemand bei ihm wäre, um zu helfen. Sein Vater wachte nicht auf, und schließlich fiel ihm nichts anderes ein, als ihn unter den Achseln zu packen und hügelab zur Hütte zu schleifen. Einen Weg gab es nicht, aber sie mussten über nichts mehr rüber, und soweit er sich erinnerte, gab es auch keine Kliffe mehr. Also zog er ihn durchs Unterholz, versuchte, nicht zu stolpern, stolperte aber und fiel ab und zu auf den Rücken, versuchte, seinen Vater nicht fallen zu lassen oder zu sehr zu rütteln, ließ ihn aber fallen, ließ seinen Kopf fallen, der im fedrigen Moos nickte und rollte, worauf sein Vater noch immer nicht aufwachte oder sprach, aber er atmete weiter. Und dann ging die Sonne unter, und es wurde dunkler, wenn auch nicht ganz dunkel, als sie das letzte Hemlockwäldchen hinter sich ließen. Er schleifte seinen Vater übers Gras, am Plumpsklo vorbei und zur Veranda, wo er auf jeder Stufe verschnaufen musste, bevor er seinen Vater weiterziehen konnte, und dann hatte er ihn endlich in der Hütte.

Er legte ihn im großen Zimmer auf eine Decke und die anderen Decken und den Schlafsack über ihn. Er bettete seinen Kopf auf ein Kissen und holte Holz für den Ofen. Es war noch ziemlich feucht und qualmte zu sehr, trocknete aber nach mehrmaligem Anzünden im Ofen aus, und dann hatten sie wenigstens ein bisschen Wärme.

Sein Vater sah sehr blass aus. Roy hielt seine Hand neben die Wange seines Vaters, um die Farben zu vergleichen. Er atmete, aber nur flach. Roy wollte seinem Vater etwas Wasser geben, wusste aber nicht, ob er sollte. Er wollte ihm Eis auf die Stirn legen, aber es gab kein Eis, und außerdem wusste er sowieso nicht, ob das richtig war. Er wusste gar nichts. Er setzte sich mit dem Rücken an die Wand, legte sich die Jacke um und wartete auf irgendeine Veränderung, während das Licht draußen schwand und die Hütte kleiner wurde. Wind zog auf, und die Hütte ächzte und jaulte hin und wieder, und noch immer lag sein Vater da wie eine bleiche Wachsfigur mit offenem Mund und roten Striemen im Gesicht, die nicht echt aussahen, sondern wie aufgemalt. Selbst das Haar sah komisch aus, und dann ging die Lampe aus, und Roy hatte irgendwie zu viel Angst, um aufzustehen und im Dunkeln das Petroleum zu suchen, also wartete er nur, ohne etwas zu sehen, und horchte stundenlang, bis er schließlich einschlief.

Als er bei Tageslicht aufwachte, wusste er nicht, was passiert war, verstand nicht, wieso sein Vater so vor ihm lag, dann fiel es ihm ein. Er ging zu ihm, um sein Gesicht zu befühlen, die Haut war noch warm, und er atmete.

Wach auf, sagte Roy. Komm schon. Ich mach Pfannkuchen. Pilzrahmsuppe. Komm. Aufwachen.

Nicht ein Zucken von seinem Vater. Roy fachte erneut das Feuer an, und die Hütte wärmte langsam auf. Er stellte sich in die Tür und sah aufs Wasser, wo nichts war, nicht ein einziges Boot. Er kam zurück und schloss die Tür, füllte die Lampe auf und wartete. Sein Vater regte sich noch immer nicht. Er fragte sich, ob man tot sein und gleichzeitig atmen konnte, und dieser Gedanke war so unheimlich, dass er aufstand, um Frühstück zu machen.

Gleich gibt's Pfannkuchen, rief er über die Schulter, als er die Teigmischung mit Wasser anrührte. Zur besonderen Abrundung mischte er noch etwas Milchpulver unter, erhitzte die Pfanne, gab Öl hinein und fing an, die Pfannkuchen zu backen, wobei er sich schwer auf die Blasen konzentrierte, die der Teig warf, beständig darum besorgt, die Pfannkuchen nicht von unten anbrennen zu lassen, aber auch, sie nicht umzudrehen, bevor sie von unten braun genug waren. Er ließ sich Zeit mit jedem einzelnen Pfannkuchen, drehte sich erst um, als er einen makellosen Stapel hatte, und stellte fest, dass sein Vater mit offenen Augen dalag und ihn beobachtete.

Mit einem Schrei ließ Roy den Teller fallen. Sein Vater bewegte ganz leicht den Kopf und behielt ihn im Auge. Dad, sagte er da und eilte zu ihm, und so leise, dass er es kaum hören konnte, sagte sein Vater, Wasser.

Roy brachte ihm Wasser und half ihm beim Trinken, hielt ihm den Becher an die Lippen. Sein Vater erbrach das Wasser und trank erneut.

Entschuldigung, sagte er, dann schloss er wieder die Augen und schlief bis zum Abend, sodass Roy die ganze Zeit fürchtete, er könnte in einen Schlaf zurückfallen, aus dem er nicht mehr aufwachen würde. Er fragte sich, ob er mit Leuchtmunition zur Spitze laufen sollte, fürchtete aber, seinen Vater dann zu lange alleine zu lassen, und außerdem wusste er nicht, ob sein Vater gewollt hätte, dass er die Leuchtmunition abfeuerte. Zweimal flüsterte er, Soll ich das Notsignal zünden, Dad? Aber es kam keine Antwort.

Als sein Vater wieder aufwachte, ging die Sonne beinahe unter, und Roy war kurz davor gewesen einzuschlafen, hatte aber eine Sekunde die Augen geöffnet und merkte, dass sein Vater ihn ansah.

Du bist wach, sagte er. Wie geht es dir?

Lange Zeit antwortete sein Vater nicht. Okay, sagte er schließlich. Etwas zu essen. Wasser.

Was für Essen?

Sein Vater überlegte eine Weile. Suppe? Haben wir?

Du kriegst keine Luft, oder?, fragte Roy. Du kannst nicht reden. Vielleicht sollte ich das Notsignal zünden? Ich versuche, Hilfe zu holen.

Nein, sagte sein Vater. Nein. Suppe.

Roy wärmte die Pilzrahmsuppe auf, die er für die Pfannkuchen gedacht hatte. Es war eine der letzten Dosen überhaupt, wegen des Bären. Er brachte sie seinem Vater und fütterte ihn langsam.

Sein Vater bekam nur ein paar Löffel runter, bevor er sagte, Erst mal genug.

Und die Schnitte und alles?, fragte Roy. Ich wusste nicht, was ich machen soll.

Schon okay.

Roy brachte ihm wieder Wasser, entzündete die Lampe

und schürte das Feuer, und sie warteten gemeinsam, wortlos, bis sein Vater nach mehr Suppe verlangte und dann nach mehr Wasser und sich dann ausruhte und dann wieder einschlief.

Als Roy am Morgen aufwachte, hatte sein Vater die Arme unter den Decken hervorgezogen und sie obenauf gelegt. Nur einer zeigte Schnitte, und die verschorften allmählich.

Ich sollte das Notsignal zünden, sagte Roy. Du kannst immer noch nicht aufstehen. Vielleicht hast du ernsthaft was abbekommen.

Hör zu, sagte sein Vater. Wenn wir jetzt gehen, kommen wir nicht mehr zurück. Und ich will noch nicht aufgeben. Du musst mir noch eine Chance geben. So eine Dummheit passiert mir nicht ein zweites Mal. Versprochen.

Ich dachte, du stirbst, sagte Roy.

Ich weiß. Tut mir leid. Jetzt brauchst du dir keine Sorgen mehr zu machen.

Es sah aus, als ob du gesprungen wärst.

Ich war zu dicht am Rand. Ist schon gut.

Also warteten sie. Roy fütterte ihn wieder mit Suppe und Wasser, und dann musste sein Vater aufs Klo.

Ich muss mal, sagte er. Und ich kann nicht alleine aufstehen. Nimm ein bisschen Klopapier mit und hilf mir.

Roy nahm das Klopapier und hockte sich hinter seinen Vater, um ihm unter die Arme zu greifen. Sein Vater konnte mit den Beinen ein wenig nachhelfen, dann mit einer Hand auf dem Tisch, und so kamen sie auf die Beine und schließlich zur Tür, wo sie eine Pause einlegten.

Es sieht nicht so aus, als wenn was gebrochen wäre, sagte Roy.

Nein, sagte sein Vater. Da habe ich wirklich Glück gehabt.

Sie verschnauften noch eine Weile in der Tür, während

sein Vater über die Bucht blickte. Dann gingen sie an der Außenwand entlang zur Treppe und nahmen eine Stufe nach der anderen, Roy voran, sein Vater auf ihn gestützt.

So geht's, sagte sein Vater. Das schaffen wir. Ich bin bloß ein bisschen steif und angeschlagen, aber das geht vorbei.

Am Fuß der Treppe ruhten sie sich aus.

Das Plumpsklo ist vielleicht sogar einfacher, sagte sein Vater. Auch wenn es weiter weg ist.

Ich kann dich tragen, sagte Roy.

Ich glaube, ich kann laufen, wenn du mich stützt.

Sein Vater hielt sich an ihm fest. Langsam gingen sie zum Plumpsklo, blieben alle vier, fünf Meter stehen, und als es zu nieseln anfing, beschlossen sie, weiterzugehen, und schafften es zum Plumpsklo, wo sein Vater sich mit seiner Hilfe umdrehte und hinsetzte und Roy hinausging und wartete.

Draußen im Nieselregen kamen in Roy Gefühle auf, die er nicht einzuordnen wusste. Seine Riesenangst war so gut wie verflogen, aber ein Teil von ihm, den er nicht so recht greifen konnte, wünschte, sein Vater wäre bei dem Sturz gestorben, damit es eine Erleichterung gegeben hätte und alles klar gewesen wäre und er einfach zu seinem Leben hätte zurückkehren können. Aber er fürchtete sich, so was zu denken, als wäre es ein böser Fluch, und der Gedanke, dass er seinen Vater hätte verlieren können, trieb ihm auf einmal Tränen in die Augen, sodass er bemüht war, nicht zu weinen, als sein Vater ihn von drinnen rief, die Tränen im Hals und in den Augen niederkämpfte.

Sein Vater streckte die Hand aus, als Roy die Tür öffnete. Hilf mir hoch, sagte er. Aber seine Hose war noch unten, und Roy musste einfach seinen Penis ansehen, der da runterhing, und das Haar auf seinen Schenkeln. Peinlich berührt versuchte er den Blick abzuwenden, als hätte er gar nicht hingesehen.

Sein Vater sagte nichts. Als er stand und noch Roys Hand hielt, zog er sich einhändig die Hose hoch, drehte sich zum Türpfosten und lehnte sich so an, dass er sich mit beiden Händen zuknöpfen konnte. Dann gingen sie wieder zur Hütte, wo sein Vater sich hinlegte, ein wenig aß und trank und den Rest des Tages schlief.

Im Laufe der Woche kam sein Vater zu Kräften. Er wurde wieder beweglicher, konnte allein aufs Plumpsklo gehen und langsam vor dem Haus auf und ab laufen und schließlich zur Landspitze und zurück. Kurz darauf erklärte er sich für genesen.

Von den Toten auferstanden, sagte er. Der Lunge ging's noch nie besser. Und so was kommt nie wieder vor, das verspreche ich dir.

Roy wollte erneut fragen, ob sein Vater mit Absicht über die Kante getreten war, denn so hatte es ausgesehen, aber er ließ es bleiben.

Sie jagten Hirsche, der erste kam vom Pass hinter der Hütte auf der anderen Seite heruntergestürmt. Sein Vater ließ Roy den Vortritt, und der traf ihn im Nacken. Er hatte zwischen die Schultern gezielt, also weit gefehlt, im Nachhinein aber ließ er es so aussehen, als hätte er ihn im Nacken treffen wollen.

Sie fanden ihn hingestreckt in den Blaubeeren, mit hängender Zunge und noch ungebrochenem Blick.

Gute Arbeit, sagte sein Vater. Das wird gutes Fleisch. Er legte das Gewehr ab und holte sein Jagdmesser heraus. Er schnitt den Bauch auf, holte die Eingeweide raus, ließ ihn an der Kehle ausbluten, schnitt die Hoden ab und alles andere dort unten, durchbohrte die Hinterläufe und schob die Vorderläufe hindurch, um eine Art Rucksack zu formen.

Normalerweise würde ich ihn tragen, sagte er. Aber mein

Rücken und meine Seite tun noch ein bisschen weh, wenn es dir nichts ausmacht.

Roy lud sich, während sein Vater beide Gewehre nahm, die eingehakten Hinterläufe über die Schultern, Hinterteil am Kopf, Geweih an den Knöcheln, und trug das Tier so den Berghang hinauf und auf der anderen Seite wieder hinunter.

Sie hängten den Hirsch auf und zogen ihm das Fell ab, trennten mit den Fäusten Fleisch und Fell. Dann schnitten sie das Fleisch größtenteils in Streifen und dörrten es auf dem Rost oder räucherten es.

Der Rost wird nicht toll, sagte sein Vater. Nicht genug Sonne und zu viele Fliegen. Aber das meiste räuchern wir.

Sie streckten das Fell, als es gerade dunkel wurde, salzten es ein und gingen schlafen.

In der Nacht weinte sein Vater nicht, seit dem Sturz schon hatte er das nicht mehr getan. Roy lauschte und wartete, angespannt und außerstande, einzuschlafen, aber das Weinen kam einfach nicht, und nach ein paar Nächten gewöhnte er sich daran und lernte einzuschlafen.

Sie machten sich jetzt ernsthafter daran, ihre Wintervorräte aufzustocken. Als sein Vater wieder kräftig genug war, um zu arbeiten, gruben sie etwa hundert Meter vom Haus ein Loch, hinten in einem kleinen Hemlockwäldchen. Sie schaufelten, bis sein Vater schultertief in der Erde stand und Roy bereits bis über den Kopf. Dann verbreiterten sie die Grube, gut drei Meter zu allen Seiten, ein Riesenquader in der Hügellandschaft, und nachdem sie noch etwas tiefer gegraben hatten, nahmen sie ihre selbstgemachte Leiter zum Rein- und Rausklettern. Als sie auf einen großen Stein trafen, schaufelten sie drum herum und untendurch, bis sie ihn ausgegraben hatten und mit einem Seil heben konnten. Sie hörten erst auf, als sie auf Fels trafen und nicht mehr weitergraben konnten.

Das Loch sollte ihr Depot werden, doch als es einmal ausgehoben war, kamen seinem Vater Zweifel. Ich weiß nicht, sagte er. Ich weiß nicht, wie man es hinkriegt, dass es nicht schimmelt und kein Ungeziefer drankommt. Ich weiß nicht, wie wir uns einen leichten Zugang zu den Sachen da drinnen verschaffen können, ohne dass es auch für Bären leicht wird. Und dann wird der Schnee auch noch alles zudecken.

Roy hörte zu und blickte in die riesige Grube, die sie eine Woche lang ausgehoben hatten. Er wusste es auch nicht. Er hatte einfach angenommen, dass sein Vater mehr darüber wüsste.

Sie standen noch eine Weile da, bis sein Vater sagte, Na, denken wir doch mal nach. Wir können das Essen in Plastikbeutel packen. Dann schimmelt es vielleicht, aber es kann nicht nass werden und Ungeziefer anziehen.

Sollen wir da drinnen so eine Art Schuppen bauen?, fragte Roy. Oder vergraben wir einfach alles?

Auf Fotos, da ist das Ganze aus Baumstämmen, in der Erde oder in der Luft.

Okay, sagte Roy.

Lass uns drüber schlafen, sagte sein Vater.

Also angelten sie zum Ausklang eines Nieseltages an der Landspitze, brieten wieder Lachs zum Abendessen und legten sich hin.

Roy konnte nicht einschlafen und lag lange wach. Stunden später hörte er seinen Vater weinen.

Am Morgen erinnerte sich Roy daran und blieb in seinem Schlafsack und stand erst spät auf. Sein Vater war schon weg, und als Roy zur Grube kam, stand darin sein Vater mit verschränkten Armen und starrte die Wände an.

Überlegen wir doch mal, sagte er. Wir haben ein Loch gegraben. Wir haben hier ein großes Loch. Und wir müssen unsere Vorräte darin aufbewahren. Wir brauchen so was wie eine niedrige Hütte, meine ich, und eine Tür, durch die wir kommen, aber ein Bär nicht. Die Tür könnte oben sein oder an der Seite mit einem schrägen Zugang. Ich meine, die Tür sollte oben sein, zugenagelt und vergraben. Was meinst du?

Da sah sein Vater ihn an. Roy dachte, es geht dir überhaupt nicht besser. Nichts ist besser geworden. Vielleicht beschließt du, dich einfach da drin zu begraben oder so. Er sagte jedoch, Wie kommen wir dann an die Vorräte ran?

Gute Frage, sagte sein Vater. Darüber habe ich schon nachgedacht, und ich meine, ein Depot legt man für das Ende des Winters an. Man versorgt sich in der Hütte und geht einfach nicht raus. Man hat die Gewehre griffbereit und erschießt alle Bären, die vorbeikommen. Und wenn irgendwann die Vorräte knapp werden, hat man immer noch was übrig. Dann kommt man her und gräbt es aus und nimmt alles mit und ist wieder versorgt. Vielleicht kommt man auch zweimal her, aber nicht öfter. Also brauchen wir keinen leichten Zugang. Und dass sich das Essen hält, liegt daran, dass alles nicht nur geräuchert oder gedörrt und eingesalzen, sondern zusätzlich auch noch gefroren ist.

Das klingt plausibel, sagte Roy.

Voilà, sagte sein Vater und hob die Arme. Tauge ich doch zu was, hm?

Vielleicht.

Sein Vater lachte. Vielleicht, hm? Mein Junge entwickelt Humor. Fühlst dich hier allmählich wohl, stimmt's?

Roy lächelte. Ein bisschen wahrscheinlich.

Schön.

Zur Feier des Tages fällten sie ein paar Bäume und sägten Latten für die Wände des Depots. Das dauerte den ganzen

Tag. Bei Einbruch der Dunkelheit hatten sie die Latten an den Rand der Grube geschleppt.

Die bauen wir morgen ein, sagte sein Vater. Hast du ganz zufällig eine Meile Zwirn dabei?

Nein.

Na, wir denken uns was aus. Nägel haben wir auch nicht genug. Aber wir denken uns was aus.

In der Nacht lag Roy wieder wach und wartete auf das Weinen, er wollte wissen, ob es jede Nacht da war, wachte aber morgens auf und fragte sich, ob es ausgeblieben war oder ob er einfach nicht lange genug wach gelegen hatte. Schwer zu sagen. Sein Vater ging ihm inzwischen aus dem Weg, und Roy musste so tun, als bemerkte er das nicht.

Sie schaufelten so viel Erde ins Loch zurück, dass sie die Latten nebeneinander einbuddeln konnten. Sie waren überhaupt nicht miteinander verbunden, einfach nur nebeneinander eingegraben.

Ich glaube, die bleiben so, sagte sein Vater. Ganz einfach durch den Druck von innen nach außen.

Und wenn wir das Essen rausholen?, fragte Roy, oder wenn ein Bär gräbt und versucht, es auseinanderzunehmen?

Sein Vater sah ihn nachdenklich an. Er sah ihn direkter an als sonst, weshalb Roy seinem Blick auswich und den leichten Bart ansah, den sein Vater jetzt trug, und das Haar, länger an den Seiten und oben platt, weil ungewaschen. Er sah gar nicht mehr wie ein Zahnarzt aus oder wie sein Vater. Er sah aus wie irgendein anderer Mann, der nicht viel hatte.

Du denkst nach, sagte sein Vater. Das ist gut. Wir können uns unterhalten über das, was wir tun. Ich habe auch darüber nachgedacht, und mir scheint, wir müssen es nur tief genug vergraben und genug obendrauf legen, damit ein Bär sich nicht durchwühlen kann, denn wenn er es bis nach unten schafft, kann kein Depot ihn abhalten, egal, wie es zusammengebaut ist.

Roy nickte. Er wusste nicht, ob es funktionierte, aber es leuchtete ihm ein.

Und wenn wir schließlich die Vorräte holen, Ende Februar vielleicht, ist der Boden so gefroren, dass sich nichts mehr bewegt. Da kann es gar nicht mehr einstürzen, selbst wenn wir das Holz komplett rausnehmen, was wir vielleicht müssen, für den Ofen.

Roy lächelte. Das klingt gut.

Na schön.

Sie bauten die restlichen Latten ein, es sah aus wie die Wände eines kleinen, sehr niedrigen Forts, und setzten sich hin, um ihr Werk zu begutachten.

Es braucht ein Dach, sagte Roy.

Und eine Tür. Wir sägen lange Latten, die ganz rübergehen, und die Tür im Dach denken wir uns noch aus. Womöglich nur ein großes Loch mit einem zweiten Dach drüber.

Wir haben noch gar keine Vorräte zum Einlagern, sagte Roy.

Da hast du recht. Und wir lagern erst ein, wenn es schneit. Bis dahin müssen wir verhindern, dass das Depot einstürzt.

Wir hätten mit dem Graben noch ein paar Monate warten sollen, oder?

Schon. Wir haben zu früh gegraben. Aber ist schon in Ordnung. Das wussten wir nicht.

An den folgenden beiden Tagen schnitten sie im Regen die Latten für das Dach und für ein kleineres zweites Dach zurecht. Sie sägten die Baumstämme und hackten die Äste mit einem Beil ab, und Roy sah zu, wie sein Vater arbeitete, mit grimmigem unrasiertem Gesicht, während ihm kalter Regen von der Nase tropfte. Da wirkte er so robust wie eine

Steinskulptur mit ebenso unverrückbaren Gedanken, und Roy konnte diesen Vater nicht mit dem anderen in Einklang bringen, dem, der weinte und verzweifelte und nichts Bleibendes an sich hatte. Obwohl Roy über ein Gedächtnis verfügte, schien der Vater, mit dem er jeweils gerade zusammen war, der einzig mögliche Vater zu sein, als könnte jeder zu seiner Zeit all die anderen wegbrennen.

Als sie die Latten für beide Dächer zurechtgeschnitten hatten, platzierten sie sie vorsichtig und traten zur Begutachtung zurück. Die Wände um die Latten herum wurden bereits ausgewaschen, sodass das Dach kippte, kleine Schlammrinnsale überall in dem Dauerregen.

Einige Latten sind weich, sagte sein Vater. Der Regen greift sie an. Na ja.

Wie können wir verhindern, dass es einstürzt?

Keine Ahnung. Wir haben nicht genug Plane. Vielleicht hab ich's verbockt. Vielleicht war es zu früh. Jetzt sollten wir uns wohl einfach um die Vorräte kümmern.

In der Nacht musste Roy nicht lange warten, bis er seinen Vater weinen hörte. Nach wenigen Minuten war es so weit, und sein Vater versuchte nicht mehr, es zu verbergen.

Tut mir leid, sagte er. Es ist nicht das Depot oder irgendwas in der Richtung. Es geht um andere Dinge.

Was denn?

Na ja, mein Kopf tut die ganze Zeit weh, aber das ist es nicht.

Dein Kopf tut weh?

Ja. Seit Jahren schon. Wusstest du das nicht?

Nein.

Na ja.

Warum tut er weh?

Sind einfach die Nebenhöhlen, und eigentlich sollten sie

operiert werden, aber ich habe mich nicht drum gekümmert. Das geht auch nicht immer gut und ist ein grässlicher Eingriff. Aber das ist nicht das Problem. Das schwächt mich einfach nur und bringt mich leichter zum Weinen und macht mich müde. Viel schlimmer ist, dass ich offenbar nicht alleine sein kann.

Und sein Vater fing wieder an zu weinen. Ich weiß, dass ich nicht alleine bin, wimmerte er. Ich weiß, dass du hier bist. Aber trotzdem bin ich allein. Ich kann es nicht erklären.

Roy wartete, aber sein Vater weinte nur noch, und zwar eine ganze Weile, und Roy wusste nicht, wie es sein konnte, dass er hier war und für seinen Vater trotzdem nicht da zu sein schien.

Der Regen hielt an, und das Depot wurde weiter ausgewaschen. Roy und sein Vater standen am Rand und sahen auf die umgefallenen Latten hinab, dachten nach und sagten nichts, bis sein Vater schließlich sagte, Na, dann ziehen wir jetzt das ganze Holz raus und fangen neu an, wenn der erste Schnee fällt.

Roy glaubte nicht, dass sie noch da wären, wenn der erste Schnee fiel, nickte aber, als sein Vater hinunterkletterte, nahm die Teile entgegen, die er ihm reichte, und trug sie in die Hütte zurück. Roy wusste, dass diese Enttäuschung für seinen Vater irgendwie größer war als die anderen Enttäuschungen. Er bezweifelte, dass er ihm in dieser Situation zuhören würde. Er hatte inzwischen begriffen, dass sein Vater oft in Gedanken abdriftete und unerreichbar wurde und dass dieses Alleinsein mit seinen Gedanken gar nicht gut war, dass er immer weiter hinabsank, wenn er sich dort aufhielt.

Sie stapelten das Holz an einer Seitenmauer, und als sie fertig waren, sahen sie erneut nach der Grube, dem Schlamm, der tiefer wurde, den Wänden, die einstürzten, und beide blickten in den Himmel, ins Grau, das keine Tiefe und kein Ende hatte, und dann gingen sie ins Haus.

Als ein paar Tage später das Flugzeug kam, war Roy mehrere Meilen die Küste hoch beim Angeln. Er meinte, etwas gehört zu haben, hielt es dann für Einbildung, horchte erneut und hörte es wieder. Er holte seine Schnur ein, nahm die beiden Lachse, die er gefangen hatte, und fing an zu laufen. Doch er war so weit weg und durch so viele kleine Landzungen abgeschnitten, dass er nicht sehen konnte, wie es in ihre Bucht einflog. Er rannte über den steinigen Strand und, wenn nötig, in den Wald hoch und wieder hinunter und hatte immer mehr Angst, es zu verpassen. Er nahm an, dass sein Vater gerade Holz hackte, aber wenn er aus irgendeinem Grund wieder über den Berg gewandert war, und es war keiner zu Hause? Der Pilot würde vielleicht lange Zeit nicht wiederkommen, nur eine Nachricht hinterlassen, Rufen Sie mich über Funk an, wenn Sie etwas brauchen. Und da war noch was anderes, das Roy nicht zugeben wollte. Selbst wenn sein Vater da wäre, was würde er sagen? Würde er womöglich sagen, es sei alles in Ordnung, und den Piloten wegschicken, sodass er gar nicht wiederkam? Das war nicht auszuschließen, und er musste weg hier, Roy musste hier weg. Roy ließ die Fische fallen und seine Rute und rannte schneller.

Er war bloß ein paar hundert Meter vom Ziel entfernt, als er erneut das Dröhnen des Flugzeugs hörte, stehen blieb und sah, wie es aus ihrer Bucht schoss, die eigene Gischt abschüttelte und wackelnd über dem Kanal abhob. Da stand er und blickte dorthin, wo es verschwunden war, und atmete schwer mit dem Gefühl, dass etwas Schreckliches passiert war.

Es ist weg, sagte er laut. Ich hab es verpasst.

Er holte seine Angel und den Lachs und ging zur Hütte.

Sein Vater arbeitete wieder am Holzstapel. Tom war hier, sagte er, als Roy kam.

Hab ich gehört.

Ach. Na, er war nur ganz kurz hier, aber ich habe die Vorräte bestellt, die wir brauchen, er bringt sie nächste Woche vorbei, auf dem Weg nach Juneau. Wobei, wohl nicht direkt auf dem Weg. Und da grinste sein Vater zufrieden, weil sie so gottverlassen wohnten.

Roy trug seine Lachse ans Wasser, um sie auszunehmen. Er schuppte sie schnell ab und schnitt Kopf, Schwanz und Flossen ab. Er wollte hier raus. Egal, wie sein Vater das fand; er würde einfach gehen.

Du willst weg?, fragte sein Vater, als Roy es ihm beim Essen sagte.

Roy wiederholte es nicht, sondern aß weiter. Er hatte schreckliche Gewissensbisse, als würde er seinen Vater umbringen.

Wir machen uns doch ganz gut, oder?, fragte sein Vater.

Roy blieb stur. Er sagte nichts.

Ich verstehe das nicht, sagte sein Vater. Endlich kommen wir voran. Wir bereiten uns gerade auf den Winter vor.

Wozu?, fragte sich Roy. Damit wir ihn überleben? Aber er sagte nichts.

Hör zu, sagte sein Vater. Du musst schon mit mir darüber reden, sonst bleibst du einfach hier, basta.

Okay, sagte Roy.

Warum musst du weg?

Ich will meine Freunde wiederhaben und mein richtiges Leben. Ich will nicht bloß versuchen, den Winter zu überleben.

Verständlich. Aber was ist mit mir? Du hast gesagt, du bleibst ein Jahr hier, und ich habe mich darauf eingestellt. Ich habe meine Arbeit aufgegeben und dieses Haus hier gekauft. Was soll ich machen, wenn du einfach gehst?

Weiß ich nicht.

Darüber hast du gar nicht nachgedacht, hm?

Nein. Roy hatte ein furchtbar schlechtes Gewissen. Tut mir leid, sagte er.

Schon gut, sagte sein Vater. Wenn du gehen musst, musst du gehen. Ich werde dich nicht aufhalten.

Da wollte Roy auf der Stelle sagen, dass er bleiben würde, aber das brachte er nicht fertig. Er wusste, hier draußen würde Fürchterliches mit ihm geschehen, wenn er blieb. Er wusch ab und legte sich hin.

Weißt du, sagte sein Vater in der Nacht, als sie da lagen und nicht schliefen, es ist zu chaotisch hier. Du hast recht. Um das durchzustehen, braucht es einen Mann. Einen Jungen hätte ich nicht herbringen sollen.

Roy konnte nicht fassen, dass sein Vater so mit ihm sprach. In dieser Nacht schlief er nicht. Er wollte weg. Er wollte hier raus. Doch im Laufe der Nacht wurde ihm klar, dass er bleiben würde. Er stellte sich die ganze Zeit seinen Vater vor, allein hier draußen, und er wusste, sein Vater brauchte ihn. Am Morgen hatte Roy so schlimme Gewissensbisse, dass er Pfannkuchen machte und zu seinem Vater sagte, Ich habe noch mal darüber nachgedacht, und ich glaube, eigentlich will ich doch nicht weg.

Ehrlich?, sagte sein Vater, ging auf den Jungen zu und legte ihm den Arm um die Schultern. So ist es recht, sagte er strahlend. Wir packen das schon. Wir bekommen frische Vorräte und lagern reichlich Fisch und Fleisch ein, und ich habe eine neue Idee für das Dach vom Depot. Ich habe mir gedacht …

Und sein Vater redete immer weiter, aufgeregt, allerdings hörte Roy ihn nicht mehr. Er glaubte nicht mehr an aufregende Pläne. Ihm war, als hätte er sich gerade in ein Gefängnis gesperrt, aus dem er jetzt nicht mehr rauskam.

An dem Tag fingen sie an, Heidelbeeren zu pflücken. Sie waren seit über einem Monat hier, Ende Juli jetzt, und obwohl es für Beeren noch ein wenig früh war, taugten sie schon für Marmelade. Sie füllten sie in Tiefkühlbeutel, und Roy erinnerte sich an Ketchikan und an seinen roten Mantel mit der Kapuze und die vielen Male, die sie auf den Hügel hinterm Haus gestiegen waren, um Heidelbeeren zu pflücken. Sie hatten Eis angerührt, cremig und fett, und die Beeren untergehoben. Er erinnerte sich auch an die rauchige Luft und all die Herbstfarben. Nicht nur die Bäume verfärbten sich in Alaska, alles verfärbte sich, das ganze Gestrüpp, und es begann schon Anfang August. Hier noch nicht, aber bald war es so weit. Weiter nördlich, in Fairbanks, wo sein Vater gewohnt hatte, fing es sehr bald an, vielleicht jetzt schon, und am fünfzehnten September waren all die kleinen Blätter von den Heidelbeersträuchern abgefallen und die meisten Blätter von den Bäumen, das Ende vom Herbst und der Beginn der Schneezeit. Hier fing es später an, aber nicht viel später. Einen Sommer in Ketchikan, erinnerte er sich, hatte es im August geschneit. Er war draußen Dreirad gefahren und hatte versucht, mit der Zunge die Flocken aufzufangen.

Später standen sie auf der Landspitze und fingen einen Lachs nach dem anderen. Endlich kamen die Schwärme, nicht mehr nur ein paar vereinzelte Fische. Sie sahen die dichten Trauben im klaren Wasser, reihenweise dunkle Schemen, die im Gleichklang langsam auf und ab wogten, noch etwas, woran Roy sich erinnerte. Sie waren mit ihrem Kajütboot in kleine Buchten wie diese gefahren, und Roy hatte mit seinem Vater am Bug gestanden und sich die Versammlungen unter ihnen angeschaut, und er hatte geglaubt, dass es im

Wasser immer so aussah, dass alle Wasser so reich bevölkert waren. Die Köder dümpelten jetzt bunt zwischen ihnen, so wie damals, und Roy ließ seinen über ihre Nasen hinwegwandern, bis ein Fisch vorschnellte und ihn sich schnappte, dann silbern aufblitzte, während Roy zog, um den Haken zu verankern. Er johlte genau wie sein Vater, wenn einer angebissen hatte, und da schien es nicht mehr so schlimm, dass sie hier draußen blieben. Roy nahm seine Fische aus, als er fünf gefangen hatte, und fädelte sie an den Kiemen auf.

Wenn wir richtig loslegen, sagte sein Vater, schleppen wir täglich zwanzig, dreißig Stück in die Hütte. Da werden wir uns einen zweiten Räucherofen wünschen.

Das Flugzeug kehrte in der darauf folgenden Woche mit den Vorräten zurück: weiteren Tiefkühlbeuteln, Sperrholz, Samen, Büchsen und Grundnahrungsmitteln, riesigen Säcken mit Salz und braunem Zucker, einem neuen Funkgerät und Batterien, Western von Louis L'Amour für seinen Vater, einem neuen Schlafsack und einem Überraschungstopf Schokoladeneis für Roy. Die Ankunft des Flugzeugs erweckte den Eindruck, als wären sie gar nicht so weit weg, als gäbe es vielleicht gleich hinter der Landspitze eine Stadt und andere Menschen wie Tom. Roy war ganz glücklich und entspannt und fühlte sich geborgen und begriff erst, als das Flugzeug wieder startete und anfuhr, dass dieses Gefühl nicht von Dauer sein würde. Als er ihm hinterhersah, begriff er, dass alles noch einmal von vorn anfing, dass es jetzt wieder ein oder zwei Monate oder sogar noch länger dauerte, und außerdem erinnerte er sich daran, dass sie mindestens eine Woche Urlaub geplant hatten für das Ende des Sommers, also jetzt. Das war der Plan gewesen, und irgendwie war daraus nichts geworden.

Aber er hatte wenig Zeit zum Grübeln. Sein Vater und er bereiteten sich intensiver denn je auf den Winter vor. Sie standen früh auf und arbeiteten häufig bis in die Dämmerung hinein. Die Berge veränderten sich dann schnell, wurden lila und gelb und rot, schienen im späten Licht weicher zu werden, die Luft kälter und sauberer und jeden Tag dünner, Roy und sein Vater waren jetzt eingemummt in ihre Jacken und Hüte, wenn sie den Lachs einholten, wenn sie mehr Holz fällten und es hinter den Sperrholzwänden aufschichteten. Eine entspannte Zeit zwischen ihnen, betriebsam und selbstvergessen beim gemeinsamen Aufstocken der Vorräte. Roy schlief. Falls sein Vater weinte, merkte er es nicht, und eine Weile zumindest kümmerte es ihn nicht so sehr, vielleicht weil er jetzt wusste, dass er nicht wegkam, dass er sich verpflichtet hatte und hier bei seinem Vater bleiben würde, ob er nun krank war oder gesund.

Sie fingen mit dem Privatunterricht an, in der ersten Woche bloß an zwei, drei Abenden. Roy las *Moby Dick*, und sein Vater las Louis L'Amour. Roy schrieb Antworten auf ausführliche, pingelige und scheinbar unbedeutende Fragen über Handlung und Thema, und sein Vater sagte, Na, das war doch mal ein echter Western. Nach einer Woche merkten sie, dass die Vorbereitungen ihnen keine Zeit dafür ließen, also schoben sie es auf und fällten wieder ganztägig Holz und räucherten Fisch und jagten.

Inzwischen jagten sie alles, alles, was ihnen unterkam und sich räuchern ließ. Sie erlegten eine Elchkuh im wenige Meilen entfernten Sumpfland, wo sich ein Bach sammelte, bevor er sich ins Meer ergoss. Sie war allein und beobachtete sie kauend, das struppige Fell dunkel und tropfnass, und sie schossen beide, und sie kippte auf der Stelle um, als wäre sie von einem großen Stein erschlagen worden. Sein Vater trug den Kadaver Keule für Keule nach Hause, während Roy den Rest bewachte, eine Patrone in der Kammer, sich zu allen Seiten umblickte, als es dunkel wurde, und nach den roten Augen von Bären Ausschau hielt und was immer ihm seine Phantasie Beängstigendes eingab.

Sie fuhren Lachs ein, wie sein Vater versprochen hatte, an langen Schnüren, die sie in die Hütte schleppten, die offenen Münder japsten noch, und die Leiber, rötlich am Ende der Saison, zappelten auf dem Trockenen. Sie fingen so viele, wie sie ausnehmen, zerlegen und räuchern konnten, das rosa, rote und weiße Fleisch von Königs-, Blaurücken-, Buckel- und Hundslachs.

Sie schossen eine Bergziege, die an die Küste gekommen war, und Roy staunte, zunächst darüber, wie rot das Blut auf dem weißen Fell aussah, und dann, wie schwarz. Inzwischen war es so kalt, dass das Tier beim Ausnehmen dampfte. Am nächsten Morgen lag Schnee auf den Berggipfeln, als wäre der Geist des weißen Tieres zu ihnen hinaufgeflohen, und im Lauf der Woche lag der Schnee schon auf halbem Weg zu ihrer Hütte und verharrte ruhig und windstill und hell den ganzen Nachmittag über.

Sie machten sich wieder am Depot zu schaffen. Es hatte sich an allen Ecken abgerundet, und die Erde drum herum war eingesackt. Sie gruben Schaufel für Schaufel heraus und schärften die Ecken und vertieften die Grube erneut bis zum Felsen, und dann reichte Roy seinem Vater die Latten herunter, verschnürt diesmal und an den Ecken genagelt. Dann legten sie die Pfosten obenauf, verschnürten sie ebenfalls und schlugen an den Rändern fünfundzwanzig Zentimeter lange Nägel ins Holz, danach banden sie ein kleineres zweites Dach zusammen und legten es über das unebene Loch, traten zurück und bewunderten ihr Werk.

Das sieht gut aus, sagte Roy.

Die Vorräte können kommen.

Die Extrakammer in der Hütte war inzwischen gefüllt mit getrocknetem und geräuchertem Fisch und Fleisch, sorgfältig abgepackt in Tiefkühlbeuteln, dann in größeren Müllbeuteln. Sie fingen eines frühen Morgens an, um bei Einbruch der Dunkelheit fertig zu sein und die Grube nicht über Nacht bewachen zu müssen. Sein Vater legte alle Beutel neben einen großen Haufen Konserven, die für den Fall eingeflogen worden waren, dass die Räucherware aus irgendeinem Grund verdarb, und dann nagelte er das zweite Dach fest.

Hoffen wir, dass es hält, sagte er.

Wehe, wenn nicht, sagte Roy, und sein Vater lächelte.

Vergraben und vergessen.

Sie streuten eine dicke Schicht kalter Asche darauf, die sie vom Ofen aufgehoben hatten, um den Geruch zu verschleiern, dann eine Schicht Steine, dann Erde und häuften sie so hoch auf, dass es flach würde, wenn sie sich setzte, dann legten sie noch mehr Steine obendrauf und noch eine Schicht Asche.

Ich habe keine Ahnung, ob das so richtig ist, sagte sein Vater, aber es sieht aus, als müsste es funktionieren.

Dann fingen sie den letzten Lachs und auch noch ein paar Saiblinge und einige kleine Bodenfische. Ursprünglich hatten sie geplant, vom Schlauchboot aus auch noch Heilbutt zu fischen, aber sein Vater hatte beschlossen, das Boot und den gesamten Sprit für einen möglichen Notfall aufzuheben. Sie schossen noch eine Bergziege. Der Räucherofen war weiter rund um die Uhr in Betrieb, selbst als der erste Schnee die Hütte erreichte, und auch die Hütte sah von innen aus wie ein Räucherhaus mit Strippen von Lachs und Saibling und Groppe und Lengdorsch und Wild und Ziege, die überall zum Abkühlen hingen und darauf warteten, eingetütet zu werden, während sich die bereits gefüllten Tiefkühlbeutel und Müllsäcke im Nebenzimmer stapelten.

Sie gingen jeden Abend erschöpft schlafen, und es blieb keine Wachzeit, um den Vater weinen zu hören, und so konnte Roy sogar manchmal vergessen, dass es seinem Vater nicht gut ging. Ja, allmählich nahm er sogar an, dass es seinem Vater gut ging, da er so oder so nicht über ihn nachdachte. Er lebte einfach jeden Tag, arbeitete, schlief, stand wieder auf, und da er mit seinem Vater zusammenarbeitete, nahm er an, sein Vater empfinde genauso. Hätte man ihn gefragt, was sein Vater empfand, hätte er sich über die Frage geärgert und abgewinkt.

Der Schnee war meist leicht und blieb nicht lange liegen so nah am Wasser und selbst eine ganze Strecke hinter der Hütte. Das Depot bedeckte er nicht die ganze Zeit. Roy fragte seinen Vater, ob das Wetter so bleiben würde, denn so schien es. Sein Vater musste den Kopf nach hinten neigen, um sich zu erinnern.

Der blieb meistens nicht lange liegen, der Schnee in Ketchikan. Andererseits erinnere ich mich ans Skifahren und an Schneewehen und Schneeschaufeln und den ganzen Matsch, durch den ich fahren musste, also blieb er wahrscheinlich doch manchmal liegen und wurde richtig tief. Aber ist es nicht witzig, dass ich mich nicht richtig erinnern kann?

Sie gingen mehrmals am Tag zum Depot, suchten nach Bärenspuren oder anderen Spuren, aber da war nie was. Die ständige Kontrolle kam ihnen beiden irgendwann albern vor, als hätten sie eine unerklärliche Angst vor diesem kleinen Flecken Land entwickelt, daher beschlossen sie, nicht mehr so oft nachzusehen und einfach darauf zu vertrauen, dass es schon gut gehe, zumal es kälter wurde und die Tage kürzer.

Sie kamen jeden Tag früher rein von ihrer Arbeit am Holzstapel und Räucherofen und fingen wieder an zu lesen, und manchmal spielten sie Karten. Sie spielten Binokel, was mit ihren Karten eigentlich gar nicht möglich war, und sein Vater schweifte ab.

Weißt du noch, was ich dir über die Welt erzählt habe, dass sie ursprünglich ein großes Feld war und die Erde flach?

Ja, sagte Roy. Und wie alles zum Teufel ging, nachdem du Mom kennengelernt hast.

Moment, sagte sein Vater. So hab ich das nicht ganz gesagt. Jedenfalls habe ich noch mal darüber nachgedacht und daraufhin überlegt, was mir fehlt und wieso ich keinen Glauben habe, ihn aber gleichzeitig brauche.

Was?, fragte Roy.

Ich bin im Arsch, so unterm Strich. Ich brauche eine belebte Welt, und sie muss sich auf mich beziehen. Wenn ein Gletscher wandert oder ein Bär furzt, muss das was mit mir zu tun haben. Nur glauben kann ich den ganzen Scheiß nicht, obwohl ich ihn bräuchte.

Was hat das mit Mom zu tun?

Keine Ahnung. Du lenkst mich ab.

Sie spielten die Partie zu Ende und gingen ins Bett. Aber Roy dachte weiter über die Abschweifungen seines Vaters nach, und er schien ihm ein seltsamer Vater hier draußen. Es war vor allem sein Tonfall, als hätte er vom Schöpfer die Arschkarte bekommen. Aber Roy dachte nicht allzu viel darüber nach. Eigentlich wollte er nur schlafen.

Der Schnee kam näher, und sie hörten auf zu fischen und zu räuchern und Holz zu fällen.

Wir haben sowieso genug, sagte sein Vater. Jetzt ist es an der Zeit, anzukommen und auszuruhen. Es dürfte etwa zwei Wochen dauern, bis ich durchdrehe.

Was?

Ein Witz, sagte sein Vater. Das war ein Witz.

Sie lasen im Schein der Petroleumlampe und hielten den Ofen am Laufen. Roy hatte hier die gleichen Schwierigkeiten wie überall, sich auf seine Hausaufgaben zu konzentrieren, also verbrachte er den größten Teil der langen Lernstunden damit, die flatternden Schatten auf den Dielenwänden zu beobachten und auf die nächste Mahlzeit zu warten. Es war das köstlichste und sehnlichst erwartete Essen, das er je zu sich genommen hatte, all der geräucherte Fisch und das Fleisch mit Reis und Dosengemüse. Sein Vater las und seufzte und nickte über weite Strecken weg.

Sie zogen immer noch los und nahmen ihre Gewehre mit, und als der Schnee zu beschwerlich wurde, machte sich sein Vater daran, Schneeschuhe zu bauen, während Roy lernte. Er nahm dazu frische Zweige und Streifen der Elchhaut, die sie eingesalzen und getrocknet hatten. Während es draußen schneite und pfiff und hin und wieder regnete, beugte er sich mit zahnärztlicher Präzision über die Schuhe, nähte sie sorgfältig zusammen und begutachtete sie mit spitzen Fingern. Fettig, sagte er schließlich, seine Art, fertig zu sagen. Sie sind einsatzbereit. Wir gehen in den Schnee, mein Sohn.

Aber es hat gerade geregnet, wandte Roy ein.

Ja, das stimmt. Na gut, warten wir, bis es wieder schneit, und dann gehen wir. Aber in der Zwischenzeit muss ich mir die Beine vertreten, bevor ich hier zum Marshmallow verkomme.

Ich auch, sagte Roy, und so machten sie einen Spaziergang am Wasser. Es war bedeckt und nieselig, die Wellen verschwommen, das Meer wogte und brandete. Sie gingen an der steileren Küste, die sie nur selten entlangwanderten, um die gegenüberliegende Landspitze herum und zur nächsten, schweigend, bis sein Vater sagte, Ich glaube, ich kann ohne Frauen nicht leben. Ich sage nicht, dass es nicht toll ist mit dir hier draußen, aber ich vermisse die Frauen, die ganze Zeit. Ich kann nicht aufhören, an sie zu denken. Ich weiß nicht, was das ist. Ich weiß nicht, wie es passiert, dass einem etwas so dermaßen fehlt, wenn es nicht da ist. Wir haben zwar das Meer hier und einen Berg und Bäume, aber es ist, als wären die Bäume eigentlich gar nicht da, wenn ich keine Frau ficke.

Hm, sagte Roy.

Tut mir leid, sagte sein Vater. Ich denke einfach nur laut. Außerdem denke ich, dass wir unser Essen nicht so lange unbeaufsichtigt lassen sollten. Wenn noch ein Bär kommt, sind wir geliefert.

Sein Vater ging zurück, aber Roy beschloss, noch etwas weiterzugehen, und obwohl er dachte, er würde darüber nachzudenken versuchen, was sein Vater gesagt hatte, blickte er nur aufs Wasser und auf die glatten Steine unter seinen Stiefeln und dachte gar nichts.

Als er zurückkam, lauschte sein Vater dem neuen Funkgerät. Es klickte immer wieder, und dann sagte eine Stimme die Weltzeit an und machte eine Sturmvorhersage für den Südpazifik, überall Orkanstärke, wie es schien. Dann ein anderer Kanal und verzerrte Geräusche mit einem Typen, der weit im Hintergrund über diesen tollen Amateurfunk sprach, das war im Grunde das Einzige, worüber je gesprochen wurde im Amateurfunk, und sein Vater schaltete es aus und ging Reis kochen.

Tom sollte bald wieder hier sein, sagte sein Vater.

Echt?

Echt. Und ich hab nachgedacht. Ich will ja, dass wir länger hierbleiben, aber ich weiß, dass es keinen Spaß macht, mir zuzuhören, wenn ich über so Sachen rede wie vorhin, wenn du also zu deiner Mom und Tracy zurückwillst, kannst du das ruhig machen. Das wäre schon in Ordnung.

Wir sollten nicht mehr darüber reden, sagte Roy. Ich habe schon gesagt, dass ich bleibe.

Sein Vater drehte sich die ganze Zeit nicht zu Roy um, und Roy wusste, dass seine Loyalität auf die Probe gestellt wurde, dass sie geschätzt wurde, also fügte er hinzu, Ich will nicht weg. Ich bleibe hier bis zum Sommer.

Okay, sagte sein Vater und drehte sich noch immer nicht um.

Als Tom kam, erzählte er ihnen, dass es noch mehr schneien würde. Er stand auf einem Schwimmer, und sie standen am Strand, etwa fünf Meter entfernt wie in einer anderen Welt, unerreichbar vom Wasser aus. Ich werde nicht immer herfliegen können, sagte Tom, bei schlechtem Wetter, und ich werde unterwegs nicht mehr nach euch sehen, wenn ihr also was braucht, müsst ihr mich anfunken.

Ist gut, sagte Roys Vater. Schon in Ordnung.

Geht das Funkgerät?

Ja.

Ihr habt auch ein VHF-Gerät, damit solltet ihr alle kriegen, die hier vorbeikommen und mich dann benachrichtigen können. Falls ihr noch mal Bären zum Essen einladet. Tom grinste. Er war frisch rasiert und geduscht und sauber gekleidet, und ihm wurde kalt da draußen auf dem Schwimmer. Roy wurde klar, dass er an Bord irgendeine Heizung hatte.

Also gut, sagte Tom. Viel Spaß noch.

Er kletterte ins Flugzeug, ließ den Motor an und fuhr los. Sie winkten, dann hob er ab und war verschwunden.

Wir sind jetzt hier, sagte sein Vater. Das sind wir. Und die beiden da draußen in der Wildnis wussten nichts von den Ausschweifungen der Menschheit und lebten in Reinheit.

Du klingst wie die Bibel, Dad.

Wir werden wie die Pferde durch Schnee stapfen und mehr Winter kennen als Väterchen Frost. Flechte und Hochebene werden unsere Seelen läutern.

Wie das klingt, kann ich nicht mal sagen.

Das ist Poesie. Dein Vater gehört zu den unentdeckten Kleingenies.

Roy lachte, was lange nicht mehr vorgekommen war, wie ihm dann bewusst wurde. Er folgte seinem Vater ins Haus.

Ein paar Tage darauf fing es tatsächlich an zu schneien, wie Tom vorhergesagt hatte, und sie probierten ihre Schneeschuhe aus. Sie fühlten sich zwar sperrig an so unter ihren Stiefeln, funktionierten aber gut. Roy und sein Vater wanderten müheloser als zuvor, so schien es, in die Berge hinauf, da die Erde nicht mehr löchrig war und sie sich nicht mehr durchs Unterholz schlagen oder aufpassen mussten, was sie tragen würde und was nicht. Mit den Schuhen sanken sie bei jedem Schritt höchstens ein paar Zentimeter ein, und überall war der Weg frei. Es war kalt, aber sie trugen viele Schichten, von denen sie sich im Laufe der Kletterei befreiten. Es war sonnig und klar. Sie konnten über die nächsten Inseln hinweg weitere Horizonte sehen, weiter als je zuvor.

Das kriegen die meisten Menschen nie zu sehen, sagte sein Vater. Die meisten sehen diesen Ort nie im Winter und ganz gewiss nicht von ihrem eigenen Berg an einem sonnigen Tag. Was haben wir für ein Glück.

Sie erklommen den Gipfel und stellten sich auf die Felsen, und es war noch immer klar. Sie sahen nach hinten ihre gesamte Insel und keine Anzeichen menschlicher Existenz, nur weiße Berge und die dunkleren Bäume darunter.

Sein Vater breitete die Arme aus und juchzte.

Roy war verwirrt und hörte das Echo.

Ich freue mich so, am Leben zu sein, sagte sein Vater.

Da es noch früh war, setzten sie ihren Weg auf der anderen Seite mit einem Abstieg fort, liefen auf den nächsten Grat und erklommen den nächsten Gipfel. Ein weiterer grandioser Ausblick, ein anderer.

Da unten ist das Tal, wo ich den Bären erlegt habe, sagte sein Vater.

Wow. Das ist aber weit.

War es auch.

Sie gingen um die Bergspitze herum und genossen die unterschiedlichen Ausblicke.

Wenn du dir alles wünschen könntest, was du willst, sagte sein Vater, was wäre das?

Weiß ich nicht, sagte Roy.

Du nimmst dir gar keine Zeit, die Frage auf dich wirken zu lassen, mein Junge. Was wäre es? Wovon träumst du?

Roy dachte nach, und ihm fiel nichts ein. Ihm schien, als sei er gerade nur damit beschäftigt, den einen Traum seines Vaters zu überstehen. Aber schließlich sagte er, Ein großes Boot, mit dem ich nach Hawaii segeln könnte und dann vielleicht um die Welt.

Ah, sagte sein Vater. Das ist ein guter Wunsch.

Und du?

Und ich. Und ich. Es gibt so viele Dinge. Ich glaube, eine gute Ehe und die beiden, die ich hatte, nicht kaputt gemacht zu haben, und kein Zahnarzt gewesen zu sein und nicht die Steuerbehörde auf dem Hals zu haben und danach vielleicht einen Sohn wie dich und vielleicht ein Boot.

Dann umarmte er seinen Sohn fest, was Roy völlig überrumpelte. Er war peinlich berührt, als sein Vater ihn endlich losließ. Gleich würde sein Vater weinen, das wusste er.

Aber zum Glück drehte er sich um und ging den Hügel

hinab. Sie setzten ihren Weg schweigend fort, und als sie auf die Hütte zugingen, war dieses schreckliche beklemmende Gefühl verflogen, und Roy sagte, Wer hat von meinem Tellerchen gegessen? Wer hat in meinem Bettchen geschlafen?

Sein Vater lachte. Dann wäre es Zeit fürs Depot.

Als sie die Schuhe ausgezogen hatten und drinnen am Ofen saßen, sagte sein Vater, Weißt du, ich habe über deine Worte nachgedacht, du meintest, du hättest doch schon gesagt, dass du bleibst, und du hast recht. Ich muss nicht für alles, was ich sage, ein schlechtes Gewissen haben und mich entschuldigen. Ich kann einfach darauf vertrauen, dass du was einstecken kannst. Immerhin werde ich nie vollkommen sein oder sorgenfrei, und ich will mit dir reden können und will, dass du mich kennst, also werde ich mich nicht ständig entschuldigen.

Das finde ich gut, sagte Roy.

Das weiß ich zu schätzen, sagte sein Vater.

Dann las Roy in seinem Geschichtsbuch und dachte, dass er mit seiner Mutter nie solche komischen Unterhaltungen geführt hatte, und dann vermisste er sie. Sie und seine Schwester aßen jetzt zu Abend und hörten ihre klassische Musik, was auch immer das war, was sie jedes Mal hörten, und seine Mutter fragte Tracy alles Mögliche, und Tracy erzählte es ihr. Allerdings schien es seinem Vater auch besser zu gehen, und das war auch nicht schlecht, also las er über die Guillotine und versuchte, sein Zuhause zu vergessen.

Ein paar andere Dinge sagte sein Vater auch noch. Ich habe über Rhoda nachgedacht und glaube, dass es mit ihr noch einmal klappen könnte. Ich habe jetzt eine positivere Einstellung. Ich glaube, ich könnte jetzt aufmerksamer sein, so, wie sie es sich wünscht, und meine Versprechen einlösen und sie nicht mehr anlügen. Ich glaube, das könnte ich jetzt. Das soll nicht nach einer guten Tat pro Tag klingen, als würde ich einfach kleine Aufgaben abhaken, aber ich glaube, ich würde das jetzt besser hinkriegen. Vielleicht rufe ich über die Kurzwelle die Vermittlung an.

Klingt gut, sagte Roy. Und las weiter. *Die Menschen flohen entsetzt voreinander wie eine Bande enttarnter Verbrecher, und jeder fragte sich, wer plaudern und den anderen verraten würde, als hielte einer dem anderen ein Messer ins Kreuz.* Dieses Buch schien sehr wenige echte Informationen zu enthalten. Das sollte ein Geschichtsbuch sein. Hatten da nicht Fakten drinzustehen?

Spätabends spielten sie wieder Karten, und sein Vater gewann jede Runde.

Meine Sterne stehen gut, sagte er. Ich bin ein neuer Mann, auferstanden aus der Asche. Meine Flügel sind die des Adlers, und ich werde mich hoch hinaufschwingen.

Gott, sagte Roy.

Sein Vater lachte. Okay, das war ein bisschen viel.

Sie unternahmen weitere Erkundungstouren in ihren Schneeschuhen, zunächst nur an klaren, dann auch an bedeckten und verschneiten Tagen. Sie wanderten weiter und weiter, bis sie eines Tages jegliche Sicht verloren und noch mindestens vier oder fünf Stunden von der Hütte entfernt waren.

Hm, sagte sein Vater. Er stand kaum einen Meter von Roy entfernt, und doch hatte Roy Mühe, Jacke und Kapuze seines Vaters zu erkennen und den ums Gesicht gewickelten Schal. Er wirkte wie ein Schatten, der vielleicht da war, vielleicht auch nicht. Sein Vater sagte noch etwas, aber Roy konnte es bei dem Wind nicht richtig verstehen. Er rief seinem Vater zu, dass er ihn nicht hören konnte.

Ich sagte, ich glaube, ich hab's verbockt, rief sein Vater.

Toll, sagte Roy, aber nur zu sich.

Sein Vater kam näher und lehnte sich an ihn. Wir können Verschiedenes tun. Kannst du mich hören?

Ja.

Wir können zurücklaufen und versuchen, den Weg zu finden und es vor Einbruch der Dunkelheit zu schaffen, aber vielleicht schaffen wir es nicht, und vielleicht werden wir müde, frieren und bleiben stecken. Oder wir nutzen das verbliebene Tageslicht und unsere restliche Energie, um eine Schneehöhle zu bauen in der Hoffnung, dass es morgen besser wird. So kriegen wir nicht viel zu essen, aber vielleicht sind wir dann sicherer.

Auf die Schneehöhle hab ich Lust, rief Roy.

Um Lust geht's hier nicht, sagte sein Vater.

Weiß ich, rief Roy.

Ach. Entschuldigung. Da drehte sich sein Vater um, und Roy musste dicht dranbleiben, um ihn nicht zu verlieren. Sie gingen zu einem Zedernwäldchen und fingen an einer Böschung hinter den Bäumen an, den üppigen Schnee seitlich auszuhöhlen. Sie waren schon im Windschatten, und jetzt konnte Roy hören, wie schwer sein Vater atmete.

Was, wenn sie einstürzt?, fragte Roy.

Das wollen wir nicht hoffen. Ich hab noch nie eine Schneehöhle gegraben, aber ich weiß, dass Menschen so was ab und an benutzen.

Sie gruben, bis sie auf Grund stießen, und erweiterten den Raum von innen, aber der war völlig schief.

Da können wir niemals drin schlafen, sagte sein Vater.

Also gruben sie ein Stück weiter etwas tiefer einen kleineren Eingang, und sein Vater legte sich auf den Bauch, um das Ganze von innen auszuhöhlen, bis das Dach auf ihn stürzte und nur seine Füße noch rausschauten. Roy warf sich auf den

Haufen und buddelte wie wild, um seinen Vater auszugraben, bis der sich schließlich herauswühlte, aufstand und sagte, Verdammt.

So standen sie da, schwer atmend, lauschten dem Wind und spürten, wie er kälter wurde.

Irgendeine Idee?, fragte sein Vater.

Du weißt nicht, wie man so was macht?

Darum frage ich.

Vielleicht brauchen wir tieferen Schnee, sagte Roy. Vielleicht können wir mit dem, was wir hier haben, gar keine Schneehöhle bauen.

Sein Vater dachte eine Weile darüber nach. Weißt du, sagte er schließlich, vielleicht hast du recht. Wir sollten wohl zur Hütte zurücklaufen. Das ist zwar eine blöde Idee, aber was anderes fällt mir nicht ein. Dir?

Nein.

Sie machten sich auf über den Grat, nun wieder dem Wind ausgesetzt. Roy kämpfte, um mitzuhalten, um seinen Vater nicht zu verlieren. Er wusste, wenn er ihn nur eine Minute nicht im Blick behielt, würde sein Vater ihn niemals hören, und er wäre verloren und würde niemals zurückfinden. Mit dem dunklen Schatten vor sich fühlte er genau das, was er im Grunde schon lange Zeit empfand, dass nämlich sein Vater vor ihm nicht greifbar war, dass er, wenn Roy nur einen Augenblick wegsah, ihn vergaß, ihm nicht schnell genug folgte und mit seiner Willenskraft festhielt, verschwinden mochte, als hielte ihn einzig Roys Wille. Roy wurde immer ängstlicher und müder, meinte, nicht mehr weiterzukönnen, und er bekam Mitleid mit sich selbst und sagte sich, Das ist zu viel verlangt von mir.

Als sein Vater endlich stehenblieb, prallte Roy an seinen Rücken.

Wir sind jetzt über den Grat. Ich glaube, wir gehen hier lang und haben dann vor der Hütte noch einen. Wenn wir doch wüssten, wie spät es ist. Noch ist es hell, aber wie lange noch, lässt sich unmöglich sagen.

Sie verschnauften kurz, und dann fragte sein Vater, Hältst du durch?

Ich bin müde, sagte Roy, und ich krieg allmählich das Zittern.

Sein Vater wickelte den Schal ab, und Roy dachte, er würde ihn ihm geben, aber er band Roy das eine und sich das andere Ende um den Arm. Du bist unterkühlt, sagte sein Vater. Wir müssen in Bewegung bleiben. Du darfst der Müdigkeit nicht nachgeben und nicht schlafen. Wir müssen uns bewegen.

Sie wanderten weiter, und Roys Schritte wurden weicher und die Zeit zwischen ihnen, so schien es, länger. Er erinnerte sich an eine Fahrt hinten im Suburban seines Vaters von Fairbanks nach Anchorage, die Schlafsäcke lagen dort übereinander, und die Straße wiegte ihn vor und zurück. Seine Schwester war auch hinten in einem Schlafsack, und dann hielten sie an einer Blockhütte, in der es riesige Hamburger gab und Pfannkuchen, größer als alle, die Roy je gesehen hatte.

Roy bekam gerade noch mit, wie es dunkel wurde und wieder Tag, wie er hinknallte und aufwachte, und dann wieder dieses Rütteln, und als er aufwachte, lag er im Dunkeln in der Hütte im Schlafsack, und sein Vater lag hinter ihm, und er merkte, dass sie beide nackt waren, fühlte hinter sich das Haar auf der Brust und den Beinen seines Vaters. Er hatte Angst, sich zu bewegen, stand aber auf und fand eine Taschenlampe und richtete sie auf seinen Vater, der eingerollt im Schlafsack lag, die Nasenspitze dunkel, die Haut irgendwie komisch. Roy zog schnell trockene Kleider an, weil ihm so kalt war. Er legte Holz nach, schürte den Ofen und schob den Schlafsack dichter um seinen Vater, fand seinen eigenen, schlüpfte hinein und rieb Hände und Füße aneinander, bis er warm genug war, um wieder einzuschlafen.

Als er das nächste Mal aufwachte, war es hell und ofenwarm, und sein Vater saß auf einem Stuhl und betrachtete ihn.

Wie fühlst du dich?, fragte er.

Ich habe Durst und großen Hunger, sagte Roy.

Zwei Tage sind vergangen, sagte sein Vater.

Was?

Zwei Tage. Wir sind erst am nächsten Tag hier angekommen, und dann haben wir die letzte Nacht auch noch durchgeschlafen. Ich hab was Warmes zu essen für dich auf dem Ofen.

Es war Suppe, Schälerbsen, und Roy konnte nur einen kleinen Teller mit ein paar Crackern essen, bevor er sich satt fühlte, obwohl er wusste, dass er noch Hunger hatte.

Dein Appetit kommt schon wieder, sagte sein Vater. Hab etwas Geduld.

Was ist mit deinem Gesicht?

Wohl nur ein paar Frostbeulen. Da ist ein bisschen was erfroren. Ich habe nicht viel Gefühl in der Nasenspitze.

Roy dachte eine Weile darüber nach und fragte sich, ob das Gesicht seines Vaters sich wieder ganz erholen würde, wagte aber nicht zu fragen, und schließlich sagte er, Wir hätten es beinahe nicht geschafft, oder?

Das stimmt, sagte sein Vater. Ich hab's viel zu sehr drauf ankommen lassen. Beinahe hätte ich uns beide umgebracht.

Roy sagte nichts mehr und sein Vater auch nicht. Sie verbrachten den Tag mit Essen und Ofenschüren und Lesen. Beide gingen früh ins Bett, und als Roy auf den Schlaf wartete, empfand er nicht die Spur der Euphorie, die er sich immer ausgemalt hatte, wenn Menschen knapp dem Tod entronnen waren. Er war einfach nur müde und ein bisschen traurig, als hätten sie da draußen irgendwas verloren.

Am Morgen hantierte sein Vater über eine Stunde lang mit dem Funkgerät herum, bevor er es schaffte, Rhoda anzurufen. Als er endlich durchkam, war nur der Anrufbeantworter dran.

Ach, sagte er ins Mikro. Ich hatte gehofft, ich könnte mit dir sprechen. Das klingt jetzt blöd auf dem Apparat, aber ich glaube, ich habe mich hier draußen verändert, und vielleicht bin ich jetzt etwas verträglicher. Das war alles. Ich wollte mit dir reden. Ich versuch's irgendwann später noch mal.

Als er das Gerät ausschaltete, fragte Roy, Wenn du mit ihr redest und sie würde dich drum bitten, würdest du dann sofort zu ihr gehen?

Sein Vater schüttelte den Kopf. Ich weiß nicht. Ich weiß nicht, was ich mache. Ich vermisse sie einfach.

Sie verbrachten noch einen Tag in der Hütte damit, zu lesen, zu essen, warm zu bleiben und wenig zu reden. Zum Schluss spielten sie Hearts mit einem Strohmann, was nicht besonders gut klappte.

Ich habe über Rhoda nachgedacht, sagte sein Vater. Vielleicht lernst du eines Tages eine Frau kennen, die nicht besonders nett zu dir ist, aber dich irgendwie daran erinnert, wer du bist. Ihr kann man einfach nichts vormachen, verstehst du?

Roy verstand natürlich überhaupt nichts. Er hatte ja noch nie eine Freundin gehabt, außer vielleicht Paige Cummings, für die er drei Jahre lang geschwärmt hatte, und Charlotte, die er ein Mal geküsst hatte, aber offenbar kannte er die Mädchen aus den Pornoheften besser als echte Mädchen.

Als sie an dem Abend die Nase voll hatten vom Kartenspielen und Roy den Abwasch machte, probierte sein Vater noch einmal das Funkgerät aus. Diesmal kam er durch.

Was denkst du dir dabei, Jim?, fragte Rhoda. Du bist jetzt seit Monaten weg von allen, und du meinst, du hast dich verändert, aber was passiert, wenn du wieder in derselben Situation bist, mit denselben Leuten?

Roy wurde es peinlich. Am Funkgerät gab es keine Privatsphäre. Er trocknete sich die Hände ab, zog seine Stiefel an, und sein Vater spielte auf Zeit, sagte, Ich, äh, bis Roy den Raum verließ.

Und dann war Roy zum ersten Mal seit vier Tagen vor der Hütte, sank bis über die Stiefel im Schnee ein und hielt aufs Ufer zu. Direkt am Wasser gab es kein Eis und keinen Schnee. Dort draußen war es nicht kalt genug, vermutete Roy, oder aber das Salz ließ alles schmelzen. Er las Steine aus dem Schnee auf und warf sie auf dünne Eisschollen weiter oben im Bach, ließ sie wie Autoscheiben zersplittern und krachen. Er wusste nicht, wie lange er hier draußen herumlungern sollte, wahrscheinlich aber eine ganze Weile. Er ging an der Bachmündung vorbei zur unteren Spitze, blieb dicht an der Kante, weg vom tiefen Schnee, und fragte sich, ob es jetzt Fische gab in der Bucht. Er nahm es an, denn sie konnten sonst nirgendwo hin, aber er hatte keine Ahnung, wie sie überlebten. Er fragte sich, was sein Vater und er hier machten im Winter. Das war doch ganz schön dämlich.

Als sein Vater seine Mutter gefragt hatte, ob Roy hierher mitkommen dürfe, hatte seine Mutter weder geantwortet noch Roy ans Telefon geholt. Sie hatte aufgelegt, ihm das Anliegen seines Vaters übermittelt und ihn ein paar Tage später beim Abendessen gefragt, was er davon halte. Roy erinnerte sich, wie sie damals ausgesehen hatte, das Haar zurück, die Schürze noch umgebunden. Es hatte sich angefühlt wie eine Zeremonie, ungewöhnlich feierlich. Selbst seine kleine Schwester Tracy hatte geschwiegen und beide beobachtet. Der Teil der Geschichte war ein Genuss, selbst jetzt noch. Er hatte das Gefühl gehabt, seine Zukunft zu entscheiden, auch wenn er wusste, dass sie ein Nein hören wollte, und auch wusste, dass er Nein sagen würde.

Und die Antwort gab er ihr an dem Abend.

Warum?, fragte sie.

Ich will nicht weg von hier und von meinen Freunden.

Sie löffelte weiter ihre Suppe. Sie nickte leicht, aber das war alles.

Was meinst du denn?, hatte Roy gefragt.

Ich meine, dass du mir die Antwort gibst, von der du glaubst, dass ich sie hören will. Ich möchte, dass du noch mal darüber nachdenkst, und wenn die Antwort wieder Nein ist, ist das in Ordnung, und natürlich weißt du, dass ich dich hier haben will und dass Tracy und ich dich vermissen würden, wenn du weggehst. Ich will aber, dass du die für dich beste Entscheidung triffst, und ich glaube nicht, dass du genügend darüber nachgedacht hast. Welche Entscheidung du auch fällst, es soll die beste sein, die du jetzt fällen kannst, egal, was später passiert.

Sie sah ihn nicht an, als sie das sagte. Sie sprach, als wüsste sie um spätere Ereignisse, als könnte sie in die Zukunft schauen, und die Zukunft, die Roy in dem Moment sah, war sein Vater, der sich umbrachte, allein in Fairbanks, nachdem Roy ihn im Stich gelassen hatte.

Geh nicht, sagte Tracy. Ich will nicht, dass du gehst. Und dann lief sie in ihr Zimmer und weinte, bis ihre Mutter zu ihr ging.

Roy dachte in den folgenden Tagen darüber nach. Er sah

sich, wie er seinem Vater half, wie er ihn zum Lächeln brachte, wie sie beide wandern gingen und fischen und im strahlenden Sonnenschein über Gletscher marschierten. Schon jetzt vermisste er seine Mutter und seine Schwester und seine Freunde, spürte aber, dass es irgendwie unausweichlich war, dass er eigentlich überhaupt keine Wahl hatte.

Als seine Mutter ihn einige Abende später wiederum beim Essen fragte, sagte er Ja, er wolle mitgehen.

Seine Mutter antwortete nicht. Sie legte ihre Gabel hin und atmete mehrmals tief durch. Er sah, dass ihre Hand zitterte. Seine Schwester lief erneut in ihr Zimmer, und seine Mutter musste hinterher. Irgendwie war es, so sein Gefühl damals, als wäre jemand gestorben. Wenn er damals gewusst hätte, was er heute wusste, wäre er gewiss nicht mitgekommen. Aber dafür gab er seiner Mutter die Schuld, nicht seinem Vater. Sie hatte das eingefädelt. Er hatte ursprünglich Nein gesagt.

Die Wolken waren hoch und dünn, und der Mond war von riesigen weißen Kreisen umgeben. Die Luft war weiß und wirkte selbst draußen über dem Kanal fast rauchig. Es war windstill, fast vollkommen still, also stampfte Roy auf Felsen und Schnee, um seine Schritte zu hören. Dann wurde ihm kalt, und er ging langsam zurück.

Als er wieder reinkam, saß sein Vater auf dem Fußboden neben dem Funkgerät, das aber nicht mehr an war, und starrte auf den Boden.

Und?, fragte Roy, was er gleich bereute.

Sie ist mit einem Steve zusammen, sagte sein Vater. Sie ziehen zusammen.

Das tut mir leid.

Schon gut. Ist sowieso meine Schuld.

Wieso?

Ich habe gelogen und betrogen, ich war egoistisch und blind und dumm und war mir ihrer viel zu sicher und, mal schauen, da muss es noch mehr geben, wahrscheinlich war sie einfach enttäuscht, und jetzt kriege ich eins reingewürgt, und das habe ich mir selbst zuzuschreiben. Die Hauptsache ist aber, glaube ich, dass ich nicht für sie da war, als sie die ganze Sache mit ihren Eltern zu verkraften hatte. Das war mir wohl einfach irgendwie zu viel. Und wahrscheinlich habe ich sie damit im Stich gelassen. Ich meine, ich dachte halt, sie hat ja ihre Familie, die ihr hilft, weißt du.

Rhoda hatte ihre Eltern zehn Monate zuvor verloren, Mord und Selbstmord. Roy hatte nicht viel darüber gehört, nur, dass die Mutter ihren Mann mit einer Flinte und dann sich selbst mit einer Pistole erschossen und Rhoda hinterher erfahren hatte, dass ihre Mutter sie aus ihrem Testament gestrichen hatte. Roy verstand nicht recht, was es mit dem letzten Teil auf sich hatte, aber das gehörte alles zu einer Geschichte, die so schrecklich war, dass man lieber nicht darüber nachdachte.

Sie fand, dass ich sie damals im Stich gelassen habe, sagte sein Vater.

Vielleicht wird es ja wieder, sagte Roy, nur um etwas zu sagen.

Das hoffe ich, sagte sein Vater.

Am nächsten Tag kam ein gewaltiger Sturm auf. Es klang, als schwappte ein ganzer Fluss übers Dach und gegen die Wände und nicht bloß das Wasser, das der Wind gegen das Haus trieb, so heftig war es. Sie konnten nichts sehen durch die Fenster außer Regen und Hagel und gelegentlich Schnee, aus immer wechselnden Winkeln. Sie hielten den Ofen am Laufen, und sein Vater rannte ein paar Minuten hinaus, um Holz zu holen. Drei Mal kehrte er frierend und fluchend zurück und lud das Holz im Nebenzimmer ab, dann stellte er sich an den Ofen, um sich zu trocknen und aufzuwärmen.

Pfeift, als gäbe es kein Morgen, sagte sein Vater. Als könnte er die Zeit einfach aus dem Kalender fegen.

Manchmal bebte die ganze Hütte, und die Wände schienen sich zu bewegen.

Der kann nicht das Dach runterwehen, oder?, fragte Roy.

Nein, sagte sein Vater. Dein Dad würde keine Hütte mit abnehmbarem Dach kaufen.

Gut, sagte Roy.

Sein Vater probierte noch mal das Funkgerät aus, sagte, Ich mach's kurz. Ich will ihr nur ein paar Dinge sagen. Du musst natürlich nicht rausgehen oder so.

Aber in dem Sturm empfing er kein Signal, und schließlich gab er es auf.

Das gehört so zu den Geschichten, die sie mir nicht glauben wird, sagte er. Ich habe versucht, sie anzurufen, aber der Sturm hat mich davon abgehalten. Unterm Strich bleibt, dass ich sie nicht erreicht habe, und der Sturm zählt nicht.

Vielleicht ist das gar nicht so, sagte Roy.

Was soll das heißen?

Weiß ich nicht.

Hör zu, sagte sein Vater. Der Mann ist nur ein Anhängsel der Frau. Die Frau ist vollständig und braucht den Mann nicht. Aber der Mann braucht sie. Also sagt sie, wo's langgeht. Darum ergeben die Regeln auch keinen Sinn und ändern sich ständig. Die werden nicht von beiden Seiten gemeinsam festgelegt.

Ich weiß nicht, ob das stimmt, sagte Roy.

Weil du mit deiner Mutter und deiner Schwester aufgewachsen bist, ohne mich. Du bist so an weibliche Regeln gewöhnt, dass sie dir einleuchten. Das macht es dir in gewisser Hinsicht leicht, aber es bedeutet auch, dass dir manches vielleicht nicht auffällt.

Mir blieb ja gar nichts anderes übrig.

Siehst du? Das ist so eine. Ich habe versucht, etwas zu erklären, und du drehst es um und machst mir ein schlechtes Gewissen, weil ich meine Pflicht nicht erfüllt habe, wie es die Regeln vorschreiben, und kein guter Vater war.

Na ja, warst du ja vielleicht auch nicht. Roy fing an zu weinen und verfluchte sich dafür.

Siehst du?, sagte sein Vater. Du beherrschst nur die weibliche Argumentation. Heulst dir die Augen aus.

Herrgott, sagte Roy.

Egal, sagte sein Vater. Ich muss hier raus. Und wenn da draußen ein beschissener Orkan tobt. Ich gehe spazieren.

Während er sein Regenzeug anzog, saß Roy mit dem Gesicht zur Wand und versuchte, mit dem Weinen aufzuhören, aber das erschien ihm alles so unglaublich ungerecht und aus heiterem Himmel, dass er nicht aufhören konnte. Er weinte noch, als sein Vater gegangen war, und dann fing er laut an zu reden. Auf ihn geschissen, sagte er. Verdammt noch mal, ich scheiß auf dich, Dad. Scheiß auf dich. Und dann weinte er heftiger und quiekte vor lauter Anstrengung, sich zu beherrschen. Hör mit dem Scheißgejaule auf, sagte er.

Irgendwann fing er sich, und er wusch sich das Gesicht und schürte den Ofen und stieg in den Schlafsack und las. Sein Vater kam erst Stunden später zurück. Er klopfte sich den Schnee von den Stiefeln, kam rein, zog das Regenzeug aus, ging zum Ofen und machte Essen.

Roy lauschte den Küchengeräuschen und dem Geheul draußen und dem Regen, der stoßweise an die Wände geworfen wurde. Es kam ihm vor, als könnten sie einfach so weitermachen, ohne zu reden, und womöglich wäre das sogar einfacher.

Hier, sagte sein Vater, als er die Teller auf den Kartentisch in der Mitte des Zimmers stellte. Roy stand auf, und sie aßen, ohne sich anzusehen oder miteinander zu reden. Kauten einfach ihre Fertignudeln mit Groppen und lauschten den Wänden. Dann sagte sein Vater, Du kannst den Abwasch machen.

Okay.

Und ich werde mich nicht entschuldigen, sagte sein Vater. Das mache ich viel zu oft.

Okay.

Der Sturm hielt noch weitere fünf Tage an, Tage, in denen sie warteten, wenig redeten und sich eingesperrt fühlten. Gelegentlich gingen Roy oder sein Vater kurz spazieren oder holten Holz, doch die restliche Zeit lasen sie, schliefen und warteten, und sein Vater versuchte, über Kurzwelle oder VHF Rhoda zu erreichen, was aber nicht funktionierte.

Man sollte doch meinen, ich komme da wenigstens mal für ein paar Minuten durch, sagte sein Vater. Wozu der ganze Scheiß, wenn wir das Gerät bei schlechtem Wetter nicht benutzen können? Sind Notfälle nur an schönen Tagen erlaubt?

Roy wollte schon sagen, Wie gut, dass wir es nicht gebraucht haben, bloß um wieder ins Gespräch zu kommen, fürchtete aber, es könnte als Kommentar zur Abhängigkeit seines Vaters von Rhoda verstanden werden, also schwieg er.

Als sein Vater schließlich doch durchkam, hatte sich der Sturm weitgehend gelegt. Roy ging in einen leichten Nieselregen hinaus, auf einen Boden, der so durchweicht war, dass er wie auf Schwämmen lief. Die Bäume tropften überall, dicke Tropfen auf Kapuze und Schultern seines Regenzeugs. Er fragte sich, wer Rhoda eigentlich war. Er war zwar viel mit ihr zusammen gewesen, nachdem sein Vater und sie geheiratet hatten. Aber seine Erinnerungen waren Kindheitserinnerungen, z. B. wie sie ihnen gedroht hatte, ihnen die Gabel in die Ellbogen zu bohren, wenn sie sie weiter auf den Esstisch stützten, und wie er sie einmal durch einen Türspalt im Badezimmer gesehen hatte. Einige Auseinandersetzungen zwischen ihr und seinem Vater, aber nichts Besonderes. Sie hatten sich erst vor einem Jahr scheiden lassen, als er zwölf war, aber jetzt war irgendwie alles anders, all seine Wahrnehmungen. Als wäre dreizehn ein anderes Leben als zwölf. Er konnte sich nicht erinnern, wie er damals darüber gedacht hatte, was in seinem Kopf vorgegangen war, denn damals hatte er über die Vorgänge in seinem Kopf nicht nachgedacht, also konnte er auch heute nichts mit den damaligen Ereignissen anfangen, als hätte er jemand anderes Erinnerungen. Rhoda hätte also sonst wer sein können. Für ihn war sie nur das Ding, das sein Vater haben musste, ein Verlangen wie nach einem Porno, ein Bedürfnis, das seinen Vater krank machte, wobei Roy wusste, dass es verkehrt war, unzutreffend, zu meinen, sie mache ihn tatsächlich krank. Er wusste, dafür war sein Vater selbst verantwortlich.

Hinter der Landspitze setzte sich Roy auf ein großes Stück kaltes, nasses Treibholz. Er sah seinen Atem herausnebeln und blickte übers Wasser und entdeckte tatsächlich ein kleines Boot, das etwa eine Meile vor ihm vorbeifuhr. Ein sehr seltenes Ereignis. Ein kleines Kajütboot unterwegs zum Fischen oder Campen, mit zusätzlichen Spritkanistern an der Bugreling. Roy stand auf und winkte, aber er war zu weit weg, um auch nur zu erkennen, ob jemand darauf reagierte. Er sah den dunklen Fleck, wo eine oder mehrere Personen waren, aber Genaueres konnte er nicht ausmachen.

Er fragte sich, ob das, was sein Vater mit Rhoda hatte, ihm

jemals widerfahren würde. Er wollte es nicht hoffen, aber irgendwie wusste er jetzt schon, dass es wohl passieren würde. Inzwischen dachte er allerdings nur nach, um irgendwas zu tun, und wünschte, er wäre wieder in der warmen Hütte. Es war einfach zu kalt hier draußen. Es war ein trostloser Ort.

Als er zurückkehrte, war es immer noch zu früh, aber er ging nicht wieder hinaus. Er war lange genug draußen gewesen.

Ich weiß das, sagte sein Vater. Davon rede ich gar nicht. Roy ist jetzt übrigens hier. Er war draußen.

Rhodas Stimme war undeutlich, vom Funkgerät verzerrt. Jim, Roy ist nicht der Einzige, der mithört. Jeder Amateurfunker kann es hören.

Du hast recht, sagte sein Vater. Aber das ist mir egal. Es ist zu wichtig.

Was ist wichtig, Jim?

Dass wir uns unterhalten, dass wir das klären.

Und wie sollen wir das klären?

Ich will, dass wir zusammen sind.

Sie lauschten mindestens eine halbe Minute lang dem Knistern, bevor Rhoda antwortete.

Tut mir leid, wenn ich das vor Roy und allen anderen sagen muss, Jim, aber wir kommen nie wieder zusammen. Das haben wir schon versucht, sehr oft. Du musst mir schon zuhören, wenn ich etwas sage. Ich habe jemand anderen gefunden, Jim, und ich hoffe, wir werden heiraten. Das hat aber auch gar nichts mit ihm zu tun. Wir wären auch sonst nicht zusammen. Manchmal geht etwas zu Ende, und wir müssen es zu Ende gehen lassen.

Roy tat, als würde er lesen, während sein Vater über das Funkgerät gebeugt dasaß.

Scheißgerät, sagte sein Vater zu Rhoda. Wenn wir jetzt zusammen wären, in echt, von Angesicht zu Angesicht, wäre das anders. Und dann schaltete er das Funkgerät aus.

Roy sah hoch. Sein Vater kauerte da mit gesenktem Kopf und den Unterarmen auf den Knien. Er fing an, sich die Stirn zu reiben. So saß er eine ganze Zeit. Roy fiel nichts ein, was er hätte sagen können, also sagte er nichts. Aber er fragte sich, warum sie überhaupt hier waren, wenn alles, was seinem Vater etwas bedeutete, woanders war. Es wollte Roy nicht in den Kopf, dass sein Vater hierhergekommen war. Allmählich schien es ihm, als wäre ihm einfach keine bessere Art zu leben eingefallen. Also war das hier bloß eine einzige Notlösung, und auch Roy war Teil einer großen Verzweiflung, die überall dort lebte, wo sein Vater hinging.

Danach gab es keine guten Zeiten mehr. Sein Vater versank in sich, und Roy fühlte sich allein. Sein Vater las, wenn das Wetter mies war, und ging allein spazieren, wenn es bloß schlecht war. Sie redeten nur miteinander, wenn sie Dinge sagten wie, Vielleicht sollten wir bald mal Essen machen, oder, Hast du meine Handschuhe gesehen? Roy beobachtete seinen Vater die ganze Zeit und konnte keinen Riss im Panzer seiner Verzweiflung entdecken. Sein Vater war undurchdringlich geworden. Und dann kam Roy eines Tages von einem Spaziergang zurück, und sein Vater saß am Funkgerät mit einer Pistole in der Hand. Es war merkwürdig still, nichts als ein leises Summen und Fiepen aus dem Gerät.

Jim?, sagte Rhoda über Funk. Tu mir das nicht an, du Arschloch.

Sein Vater schaltete das Gerät aus und stand auf. Er sah Roy an, der in der Tür stand, und ließ den Blick durchs Zimmer schweifen, als wäre ihm irgendeine Kleinigkeit peinlich und als überlegte er, was er sagen sollte. Aber er sagte nichts.

Er ging zu Roy, reichte ihm die Pistole, zog Mantel und Stiefel an und ging hinaus.

Roy sah ihm nach, bis er zwischen den Bäumen verschwunden war, und betrachtete dann die Pistole in seiner Hand. Der Hahn war gespannt, und er konnte die Kupferpatrone sehen. Langsam löste er den Hahn, richtete die Pistole weg vom Körper, dann spannte er ihn wieder, hielt sich den Lauf an den Kopf und drückte ab.

# Zweiter Teil

Jim hörte den Schuss in den Wäldern und wusste nichts damit anzufangen. Kurz fragte er sich, ob er ihn überhaupt gehört hatte, aber das hatte er wohl. Roy machte eine Szene. Er ballerte in der Hütte herum, weil er bemuttert werden wollte. Jim wanderte weiter. Er hoffte, Roy würde das Funkgerät treffen.

Es nieselte, und der Nebel kam sehr nah. Die Bäume waren zu Gespenstern geworden, die gesamte Insel schien unbewohnbar. Jim wanderte weiter, hörte seinen Atem, den einzigen Rhythmus, die einzige Regung. Er konnte nicht über Rhoda nachdenken. Sie war zu einem seiner Sinne geworden, zu einem Teil von ihm, den er nicht von sich abgrenzen, über den er nicht nachdenken konnte. Sie wucherte in ihm als Sehnsucht und Reue. Und sie machte es wahr, sie verließ ihn. Jim war erneut den Tränen nah, also ging er schneller und zählte rhythmisch seine Schritte, einszweidreivier, fünfsechssiebenacht, immer und immer wieder. Er marschierte weiter, bis er nicht mehr konnte, drehte um und marschierte zurück, aber ihm gefiel der Gedanke nicht, anzukommen, erneut etwas suchen zu müssen, das ihm die Zeit vertrieb. Die Tage waren so lang.

Als er sich der Hütte näherte, sah er, dass die Tür einen Spalt weit offen stand, was ihn aufregte. Das sah Roy ähnlich, sich einfach so auf die Socken zu machen, ohne die Tür zu schließen, und in Kauf zu nehmen, dass sie froren.

Und dann kam er zur Tür, blickte hinunter und fand seinen Sohn. Den Körper, nicht wirklich seinen Sohn, denn der

Kopf fehlte. Rau und zerrissen, rot, dunkel glitschig das Haar am Rand, überall Blut. Er trat zurück, denn als er zu Boden sah, merkte er, dass er auf etwas Loses getreten war, ein Stück vom Kopf seines Sohnes. Ein Stück Knochen.

Er stand da und wiegte sich und schaute und atmete. Er blickte durchs Zimmer, aber sonst gab es nichts zu sehen, und dann musste er sich setzen, und er setzte sich in den Türrahmen, ein paar Schritte von Roy entfernt, und sobald er im Kopf seinen Namen hörte, fing er an zu zittern, und er schien zu weinen, aber er weinte nicht und gab keinen Ton von sich. Was geht hier vor?, fragte er laut.

Er griff nach Roys Jacke und ruckelte sanft an Roys Schulter. Er sah auf das Blut an seiner Hand und wieder auf den Stumpf, der jetzt Roys Kopf war, und da fing es in ihm an zu heulen.

Das Heulen erreichte ihn nicht, er war wie ein Schauspieler in seinem eigenen Schmerz und wusste nicht, wer er war oder welche Rolle er jetzt zu spielen hatte. Er wedelte komisch mit den Händen und schlug sie auf die Schenkel. Er schob sich von Roy weg, aber das war gespielt, eine weitere Rolle, und er wusste immer noch nicht, was er tun sollte. Niemand sah ihm zu. Und obwohl das da nicht sein Sohn sein konnte, blieb das da sein Sohn.

Einiges da drinnen war weiß. Er wartete darauf, dass sich alles rot färbte, aber vergeblich. Und bald kamen die kleinen Fliegen, Mücken und Gnitzen, landeten im Kopf seines Sohnes und krochen und hüpften darin herum. Er versuchte sie zu verscheuchen, aber er wollte den Kopf nicht berühren, und sie ließen sich dort immer wieder nieder. Er beugte sich vor und blies sie weg, und er konnte den Gestank des Blutes riechen, und dann packte er Roy an der Jacke und zog ihn zu sich auf den Schoß. Der Stumpf mit einer Gesichtshälfte wurde jetzt sichtbar, ein Kiefer, eine Wange und ein Auge. Jim sah sich das an, sah weiter hin, schüttelte ihn und sah hin, wenn er etwas erkennen konnte und nicht vom Schluchzen geschüttelt wurde, und die ganze Zeit dachte er nur, Warum? Weil es überhaupt keinen Sinn ergab. Er war derjenige, der Angst gehabt hatte, sich etwas anzutun. Roy war es gut gegangen, immer.

Nein, sagte er laut, immer wieder, obwohl er wusste, wie dumm das war. Er versuchte weiter, zu denken, denn sobald er aufhörte zu denken, weinte er fürchterlich. Und selbst das war ihm bewusst. Als wäre er außerstande, die Welt wieder zu betreten und instinktiv zu handeln. Als wären jeder Gedanke, jedes Gefühl und jedes Wort künstlich, alles, was er sah, selbst sein verstümmelter Sohn. Als wäre selbst sein toter Sohn hier vor ihm nicht echt genug.

Er legte Roy wieder auf den Boden und sah sich das viele Blut an seinen Händen an, auf seiner Jacke und seinen Jeans, stand auf, ging ans Wasser und watete hinein. Er japste vor Kälte, und die Beine waren schon taub. Es waren Stümpfe. Bei diesem Wort durchfuhr ihn wieder das Entsetzen, Stümpfe, und er schluchzte scheußlich. Er lief immer weiter durch die Untiefen und rutschte aus und tauchte unter und tauchte auf und stieg hinaus, zitterte nun auch vor Kälte und ging zu Roy zurück, der immer noch tot dalag, der sich nicht bewegt hatte. Er hatte Roy gerade noch lebend gesehen. Das war nicht länger als eine Stunde her, und Roy war es gut gegangen.

Da packte Jim eine unerklärliche Wut. Er ging in die Hütte, um etwas zu suchen, nahm das Funkgerät und schmetterte es zu Boden und trat immer wieder danach und nahm die Lampe und schleuderte sie an die Wand, wo sie zersplitterte, und nahm das VHF-Gerät und schleuderte auch das weg und warf mit einem Beutel Räucherlachs, der offen auf dem Tisch lag, dann trat er den Tisch um, hielt plötzlich inne und blieb mitten im Zimmer stehen. Es waren, wenn überhaupt, nur ein paar Minuten verstrichen, und diese ganze Zerstörung hatte nicht geholfen. Sie interessierte ihn nicht einmal. Sie war ihm lebendig erschienen, nun aber war sie nichts.

Jim setzte sich wieder neben Roy und sah ihn an. Er war noch derselbe, ganz genau derselbe. Er hob die 44er Magnum auf, wo sie runtergefallen war, ein paar Schritte weiter. Er hielt sich den Lauf an den Kopf, nahm sie wieder herunter und lachte wild. Nicht mal umbringen kannst du dich, sagte er laut. Du kannst nur so tun, als ob. Du bist die nächsten fünfzig Jahre deines Lebens wach und wirst jede einzelne Minute daran denken. Das hast du davon.

Und er weinte, ebenso sehr aus Selbstmitleid wie um Roy. Das wusste er, und er verachtete sich dafür, er schälte sich aus der nassen Kleidung, zog sich warme Sachen an und weinte diesmal stundenlang, ohne Unterbrechung, ohne Ende, und er fragte sich nur, ob es wohl jemals aufhören würde.

Natürlich hörte es auf, am Abend, und Roy lag noch immer auf dem Boden, und Jim wusste nicht, was er mit ihm machen sollte. Er begriff jetzt, dass er irgendwas mit ihm machen musste, dass er ihn nicht einfach da auf dem Boden lassen konnte. Also ging er hinters Haus und holte eine Schaufel. Die Sonne war bereits untergegangen, es wurde dunkel, trotzdem ging er etwa dreißig Meter hinter die Hütte und fing an zu graben, bis ihm klar wurde, dass die Stelle zu nah am Plumpsklo war, also ging er weiter in den Wald in Richtung Landspitze und fing wieder an zu graben, aber da waren Wurzeln, also holte er eine Axt und hackte sich durch, bis die Grube gut einen Meter tief war und länger als Roys Körper. Roys Körper, bei diesem Gedanken musste er wieder weinen, und als er schließlich fertig war und zur Hütte zurückkehrte, war es mitten in der Nacht.

Roy lag in der Tür und blockierte den Durchgang. Er hatte sich noch immer nicht bewegt. Jim kniete sich hin, um ihn hochzuheben, aber das, was von seinem Kopf übrig war, schlappte nass und kalt gegen Jims Gesicht, und Jim übergab sich und ließ ihn fallen und lief draußen im Kreis und sagte, Herrgott.

Er ging hinein, hob Roy wieder auf und trug ihn diesmal schnell zum Grab, versuchte, Roy vorsichtig hineinzulegen, ließ ihn jedoch fallen und heulte auf, schlug sich selbst und sprang am Rand des Grabes auf und ab, weil er seinen Sohn fallengelassen hatte.

Da wurde ihm klar, dass er das nicht machen konnte, dass er Roy hier nicht so einfach begraben konnte. Seine Mutter würde ihn sehen wollen. Und beim Gedanken daran, es ihr sagen zu müssen, bekam er den nächsten Koller, stolperte wieder durch den Wald und versank in Selbstmitleid. Als er zurückkam, wurde es heller, selbst durch die Bäume.

Ich hab's versaut, sagte er. Er hockte neben der Grube und wiegte sich. Diesmal hab ich's echt versaut. Und dann erinnerte er sich wieder an Roys Mutter, Elizabeth. Er musste es ihr sagen. Er musste es ihr und allen anderen sagen, aber er konnte ihnen nicht alles sagen, das wusste er. Dass er ihm die Pistole gereicht hatte, würde er nicht sagen. Er schluchzte wieder hemmungslos, als durchzuckte ihn eine fremde Macht, und er wollte, dass es aufhörte, und wollte auch wieder nicht, dass es aufhörte, denn zumindest vertrieb es die Zeit, doch nach einer Weile, als es ganz hell war, hörte das Weinen abrupt auf, und da saß er wieder neben der Grube, sah auf Roy hinunter und fragte sich, was er machen sollte. Roys Mutter musste ihn sehen. Er konnte ihn nicht einfach hier draußen begraben. Sie würde ihn bestatten wollen, und sie musste erfahren, was passiert war. Er musste es ihr sagen. Und Tracy.

O Gott, sagte er. Er musste Tracy sagen, dass ihr großer Bruder tot war. Auch sie musste ihn sehen. Er fragte sich kurz, ob es nicht möglich war, Roys Gesicht wieder etwas zusammenzusetzen, erkannte aber gleich darauf, wie verrückt das war.

Er zog Roy aus der Grube, lud ihn sich wieder auf und trug ihn in die Hütte zurück. Er war schwer und kalt und steif, jetzt seltsam gebogen von der Grube und voller Erde. Im Kopf war Erde. Er wollte nicht hinsehen, äugte aber immer wieder besorgt dorthin. Das sah alles nicht gut aus.

Jim legte seinen Sohn wieder in die Hütte, ins große Zimmer, setzte sich an die gegenüberliegende Wand und betrachtete ihn. Er wusste nicht, was er machen sollte. Er wusste, dass er bald irgendetwas machen musste, aber er hatte keine Ahnung, was.

Okay, sagte er schließlich. Ich muss es ihnen sagen. Ich muss seine Mutter benachrichtigen. Und er ging zum Funkgerät, sah, dass er es zerstört hatte, und erinnerte sich daran, dass er auch das VHF zerstört hatte. Verdammt noch mal, rief er laut und trat noch einmal nach dem Gerät. Da fing er wieder an zu weinen, schrie beinahe. Es konnte jederzeit losgehen, hatte einen eigenen Willen und erleichterte ihn überhaupt nicht, wie man es eigentlich von Weinen erwartete. Es war ein schreckliches Weinen, das nur schmerzte und alles immer unerträglicher erscheinen ließ, und obwohl es die Zeit vertrieb, schien es jedes Mal, als würde es vielleicht nie wieder aufhören. Das musste vermieden werden, also ging er, als er wieder einigermaßen sehen konnte, zum Boot, das sie hinter der Hütte vertäut hatten, holte die Pumpe und den Außenborder und die Schwimmwesten und trug alles an den Strand und trug auch das Boot dorthin, pumpte es auf und montierte den Motor und legte alles ins Boot. Dann holte er Roy.

Roy saß noch immer komisch gekrümmt an der Wand, immer noch steif. Das halbe Gesicht war Jim zugewandt, aber die Haut war ganz gelb und bläulich wie aufgedunsener Fisch, und Jim übergab sich wieder und musste draußen herumlaufen und wäre am liebsten gar nicht mehr hineingegangen und sagte, Das ist mein Sohn da drinnen.

Als er zurückkam, sah er Roy wieder an und wandte sich ab und fragte sich, wie er ihn transportieren sollte. Er konnte ihn nicht einfach so ins Boot werfen. Er dachte an Müllbeutel und fing wieder an zu weinen und zu rufen, Er ist doch kein Scheißmüll. Als er sich beruhigt hatte, legte er einen Schlafsack aus, rollte Roy darauf, zog den Reißverschluss zu und verschnürte ihn oben. Er schulterte Roy und trug ihn zum Boot.

Okay, sagte er. So wird es gehen. Wir finden jemanden, und der wird uns helfen. Er ging zur Hütte zurück, um Essen und Wasser zu holen, erinnerte sich allerdings, als er dort ankam, nicht mehr, was er da wollte, machte einfach die Tür zu und ging zurück zum Boot.

Er hatte das Boot zu weit vom Wasser entfernt aufgepumpt, also lud er Roy und die Gasflaschen wieder aus, zog das Boot ans Wasser und lud die Flaschen und Roy wieder ein. Als er sich schließlich abstieß, war es Nachmittag, nicht sehr klug, wie er nun erkannte, aber er zog das Startseil, drückte den Choke wieder rein, als der Motor anstotterte, legte den Gang ein, und dann fuhren sie los. Das Wasser war sehr ruhig in ihrer Bucht und der Himmel grau, die Luft schwer und feucht. Er versuchte zu gleiten, doch dafür waren sie zu beladen, also drosselte er auf fünf, sechs Knoten, als sie an der Landspitze vorbei waren. Jim zitterte ein wenig im Wind, sein Sohn war in den Schlafsack gehüllt.

Jenseits der Landspitze waren sie einer kalten Brise ausgesetzt und kleinen Windwellen, die ins Boot spritzten.

Das ist nicht so gut, sagte Jim zu seinem Sohn. Was wir hier gerade machen, ist nicht das Klügste. Aber er fuhr weiter und fragte sich bald, wo er hinfuhr. Ich weiß es nicht, sagte er laut. Vielleicht dorthin, wo diese Häuser sind. Aber das sind etwa zwanzig Meilen. Das ist nicht so nah. Uns müsste ein Boot finden.

Und dann dachte er wieder an Roys Mutter, an ihr Gesicht, wenn sie hiervon erfuhr, an ihr Gesicht damals, als sie von allem anderen erfahren hatte, zum Beispiel, dass er mit Gloria geschlafen hatte. Nachdem sie umgezogen waren und sich zusammengerauft hatten und er einen ganzen Monat lang der gewesen war, den sie haben wollte, genau dreißig Tage lang rücksichtsvoll und liebevoll und möglichst ohne einen Gedanken an andere Frauen, kam sie glücklich und lächelnd zu ihm ins Bett, und er wollte bloß, dass sie ihn nie wieder anfasste. Er sagte ihr, er habe den vergangenen Monat nur gespielt, das sei nicht er gewesen, und ihr Gesicht damals, ihr Gesicht, als sie ihren Kindern erzählten, dass sie sich scheiden ließen, und jetzt das. Das hier war mit keiner anderen Sache zu vergleichen. Das hier ist nicht einfach eine Sache, sagte er laut, schluchzend, und dann sah er nicht mehr, wohin er steuerte, und sie kurvten kreuz und quer über den Kanal und schaukelten und wurden nass, bis er sich wieder im Griff hatte.

Und Tracy. Sie würde ihn hassen. Ihr ganzes Leben lang. Zusammen mit ihrer Mutter. Und das zu Recht. Und was würde Rhoda sagen? Sie würde genau wissen, wer an allem schuld war.

Das Boot schlingerte, und sie wurden von der Strömung seitwärts abgedrängt. Jim versuchte erneut zu gleiten, stattdessen aber ragte bloß der Bug in die Luft und kam nicht wieder runter, also drosselte er das Tempo. Alles war grau und kalt und vollkommen leer. Es gab keine anderen Boote, keine Häuser, nirgendwo. Als er die halbe Strecke über den Kanal zur nächsten Insel zurückgelegt hatte, war es später Nachmittag, er zitterte unkontrolliert und sorgte sich um die Spritreserven und sorgte sich darum, wie Roy aussehen mochte, wenn sie endlich ankamen, und mit wem er zuerst reden müsste.

Zweimal hielt er, um Wasser abzupumpen, danach steuerte er die Küste an, sie war jetzt sein einziges Ziel, ihm war egal, ob sie heute noch weiterkamen. Er fühlte sich taub vor Kälte und konnte kaum denken. Er dachte, Wie weit ist es wohl, dann setzte sein Gehirn für eine Weile aus, danach überlegte er wieder, wie weit wohl die Küste entfernt war, und dann wurde ihm klar, dass die Unterkühlung einsetzte, dass er schleunigst an Land musste, um sich aufzuwärmen. Und er fragte sich, warum er nicht mehr Kleidung mitgenommen hatte und etwas, in dem er schlafen konnte, und etwas zu essen. Er hatte Hunger.

Als er anlegte, war die Sonne nahezu untergegangen, und Roy war durchgeweicht, und noch immer hatten sie niemanden angetroffen. Jim ging Holz sammeln, während Roy im Boot blieb, er wollte ein Feuer machen und schichtete die Zweige auf, die er gefunden hatte, aber das Holz war nass, und er hatte keine Streichhölzer, also fing er an zu weinen. Dann ging er zum Boot zurück und sagte, Entschuldigung, als er Roy aus dem Schlafsack schob und selbst in die nasse Hülle schlüpfte. Er versuchte, warm zu werden, und wachte in der Dunkelheit wieder auf, noch immer durchgefroren, aber irgendwie immer noch am Leben. Glück gehabt, dachte er, aber gleich darauf dachte er an Roy und stieg aus dem

Schlafsack, um ihn zu suchen, weil er fürchtete, Roy könnte angefressen oder gar weggeschleift worden sein, doch er fand ihn in der Nähe, er sah ziemlich genau so aus wie vorher, schwer zu sagen allerdings, weil er keine Taschenlampe hatte und Roy nur einen halben Kopf. Das klang komisch, Jim lachte kurz auf und fing wieder an zu weinen. Ach, Roy, sagte er. Was sollen wir bloß machen?

Jim schlief wieder ein, und am Morgen war Roy tatsächlich angefressen. Die Möwen kreisten noch, und Jim warf Steine nach ihnen, jagte sie so weit den Strand entlang, dass die ersten schon wieder bei Roy waren, als er zurückkehrte, und kleine Stücke von ihm stahlen.

Jim steckte Roy wieder in den Schlafsack, schnürte ihn zu und belud das Boot. Diesmal, sagte Jim. Diesmal finden wir jemanden.

Unterwegs hatte er Hunger und fror und hielt sich nur mit Mühe wach. Er sah weder Hütten noch Boote, pflügte aber weiter durch die Wellen, versuchte, sich umzusehen, versuchte, nicht zu denken, und dachte doch darüber nach, was er sagen würde. Ich weiß nicht, warum er das getan hat, sagte er im Geiste zu Elizabeth. Ich bin am Nachmittag von einem Spaziergang zurückgekommen, und da lag er. Es hat keine Anzeichen gegeben, keinen Hinweis. Ich hätte nicht gedacht, dass er zu so etwas fähig ist. Aber dann brach er wieder zusammen, weil es wirklich keine Anzeichen gegeben hatte und er wirklich nicht gedacht hatte, dass Roy zu so etwas fähig war. Roy war gut drauf gewesen, und sie hatten sich zwar hin und wieder gestritten, waren aber zurechtgekommen, und für das da gab es keinen Grund. Scheißkerl, sagte er laut. Das ist doch alles Wahnsinn.

Als er um eine weitere Landspitze herumfuhr, sah er in der Ferne ein Boot, das auf den nächsten Kanal zuhielt. Er schaltete den Motor aus und hantierte mit einer der Seenotfackeln herum, bis sie endlich zündete, hob sie hoch über den Kopf, wo sie orange rauchte und brannte und schwefelig stank, doch das Boot, irgendetwas Großes, irgendeine riesige Jacht mit hundert Idioten drauf, von denen einer garantiert in seine Richtung geblickt hatte, fuhr einfach weiter und verschwand hinter dem nächsten Küstenstreifen.

Jim fuhr weiter die Insel ab, mit vielleicht fünf Knoten, langsam und erneut gegen die Strömung, und fragte sich, wie vertraut er eigentlich mit dieser Gegend war. Er fragte sich, ob er womöglich weiter diese und andere Inseln abfuhr und am Ende ohne Sprit strandete, ohne jemanden anzutreffen. Möglich. So viele Menschen wohnen ja schließlich nicht hier draußen. Am späten Nachmittag jedoch, als er den letzten Sprit aus dem Reservekanister abgefüllt hatte, überzeugt, demnächst auf ewig mit leerem Tank umherzutreiben, entdeckte er auf der anderen Seite, in Richtung der Insel, auf der Roy und er wohnten, von der sie gekommen waren, ein Kajütboot. Von dort hätten sie es herbeiwinken können. Jim nahm noch eine Fackel, strich das Ende mit der Kappe, und nichts passierte, also strich er noch einmal und sah, als er aufblickte, das Boot schnell an ihnen vorbeiziehen. Er nahm die letzte Fackel, strich das Ende an, sie zündete, er hielt sie hoch, das Boot schwenkte leicht in seine Richtung, und er war sich sicher, dass man ihn gesehen hatte. Dann schwenkte es wieder zurück, war wohl nur einem Stück Holz im Wasser ausgewichen, die Fackel erlosch, und das Boot war nur noch ein schwindender Fleck im Grau.

Jim schrie, immer wieder, knurrte die Küste an und das Wasser und die Luft und den Himmel und alles und schleuderte die abgebrannte Fackel fort und saß da mit Blick auf den Schlafsack, der Roy umhüllte, und dann auf seine Hände auf den Knien. Das Boot schaukelte und trieb dahin, und das kalte Wasser schwappte ihm ins Kreuz und lief in die Hose.

Jim fuhr weiter, und als er gerade eine kleine Landspitze umrundete, entdeckte er zufällig eine kleine Hütte, die bereits wieder hinter den Bäumen verschwand. Er kehrte um und fuhr zurück, die Hütte war doch größer, ein Privathaus, so schien es, ein Sommerhaus, er setzte das Boot auf einen kleinen Kieselstrand, ließ Roy zurück, ging hinauf und sah sich um.

Das Haus verbarg sich hinter einem Fichtenwäldchen, er hatte Glück, es überhaupt entdeckt zu haben, auch wenn es nicht weit vom Strand entfernt stand. Als er dem Pfad dorthin folgte, sah er, dass es sich um eine Blockhütte handelte, allerdings groß genug, um darin zu wohnen, mit mehreren Räumen und Sturmfensterläden überall, winterfest verschlossen.

Hallo, sagte er. Dann trat er auf die Veranda, die übersät war mit vom Sturm herbeigefegtem Schutt, und er wusste, es war keiner zu Hause. Hey, rief er, ich hab zufällig meinen toten Sohn dabei. Vielleicht können wir reinkommen und ein bisschen plaudern und zu Abend essen und über Nacht bleiben, was meinen Sie?

Es kam keine Antwort. Er ging zurück zu Roy und dem Boot und versuchte nachzudenken. Es war schon spät, und eine andere Hütte hatte er nicht gesehen. Er fuhr schon mit Reservesprit. Der würde nicht mehr lange halten, er zitterte fortwährend und starb vor Hunger, ihm war schwindlig, und möglicherweise hatten sie im Haus etwas zu essen übrig. Und vielleicht ein Funkgerät. Sicher hatten sie so etwas wie eine Decke und einen Kamin und etwas Holz. Er hatte einen Schornstein gesehen. Und zum Glück hatte er sich letzte Nacht genügend aufgewärmt. Bei dem nassen Schlafsack war er sich nicht sicher gewesen, und ein zweites Mal würde es vielleicht nicht funktionieren, denn jetzt war er wesentlich schwächer. Er musste Roy abliefern, das wusste er, aber ehrlich gesagt sah der Junge ohnehin nicht so prächtig aus. Jim lachte grimmig. Du bist ein Kauz, sagte er laut. Du bist ein grottenschlechter Vater und ein Komiker obendrein.

Warte hier, sagte er zu Roy und ging zur Hütte zurück und diesmal hinten herum. Er suchte nach einem Einstieg. Die Fenster waren sämtlich mit Läden versehen, die wahrscheinlich von innen verriegelt waren. Die Haustür hatte ein großes Vorhängeschloss und, wie sich herausstellte, ebenso die Hintertür. Er suchte alles ab, nichts war offen, es gab nicht mal eine Fensterscheibe, die man einschlagen konnte.

Na gut, sagte er. Es war still bis auf einige Tropfen von den Bäumen. Und die Sonne ging bald unter. Er hatte keine Taschenlampe, kein Essen. Er ging weiter und fand den Holzschuppen. Die Tür hatte ein Schloss, sah aber recht morsch aus, also warf er einen kräftigen Stein dagegen, der die Tür knirschen ließ und zurückschnellte, dass Jim beiseite springen musste. Verdammt, sagte er. Er rannte zur Tür, warf sich dagegen, fiel hin, stand auf und versuchte es noch einmal. Inzwischen atmete er schwer. Er trat mit seinem Stiefel gegen die Tür und spürte jedes Mal, wie sie sich bog, aber sie gab nicht nach, also ging er zum Boot zurück.

Dort wartete der aufgerichtete Schlafsack, und Jim stellte fest, dass er Roy einige Minuten lang vergessen hatte. Der Gedanke, dass er dazu fähig war, erschien ihm furchtbar traurig, aber dem gab er sich jetzt nicht hin. Er hatte vor Einbruch der Dunkelheit noch etwas zu erledigen. Er löste den Motor aus seiner Verankerung, stakste mit ihm zur Hütte hinauf und setzte ihn auf der Veranda ab. Das Ding wog mindestens zwanzig Kilo, alles Metall.

Jim holte den Stein und kehrte zur Hütte zurück. Er hatte gehofft, im Schuppen eine Axt oder eine Säge oder so etwas zu finden, aber jetzt würde er die Hütte direkt angehen. Mit dem Stein in der Hand pochte er an alle Türen und Fensterläden, bis er am Küchenfenster einen Laden fand, der etwas stärker nachzugeben schien. Weil das Fenster größer war, dachte er. Er schaffte den Außenborder nach hinten, nahm das Gehäuse in beide Hände und rammte das Propellerende in den Fensterladen. Es schrammte bloß ein wenig am Holz, Jim verlor das Gleichgewicht und wäre beinahe hingefallen und der Motor auf ihn.

Er konnte nicht mehr fluchen und nicht mehr schreien. Er empfand nur noch kalten, mörderischen Hass und wollte die Hütte zerstören. Er nahm den Außenborder, diesmal am leichteren, schlankeren Achsenende, und da er das andere, schwerere Ende nur hochheben konnte, indem er sich wie ein Kugelstoßer drehte, schwang er ein paarmal im Kreis, bevor er den Motor gegen den Fensterladen schleuderte und zurücksprang.

Es krachte gewaltig, und der Motor landete mit zersplittertem Gehäuse auf der Veranda.

Klar, sagte Jim. Das Gehäuse war aus Plastik. Er löste den Verschluss, nahm die geborstenen, verbogenen Teile ab und legte den Stahlmotor frei, den Motorkopf, schwang ihn herum und schleuderte ihn mit einem Schrei von sich. Wieder prallte er ab und erwischte ihn beinahe, diesmal jedoch zertrümmerte er einen Teil des Fensterladens. Zweimal noch hob er ihn auf und schleuderte ihn von sich, und danach war zwar der Motor kaputt, aber auch der Laden zerbrochen sowie die Scheibe dahinter, und er konnte einsteigen.

Die Hütte war dunkel, es gab keinen Strom, kein elektrisches Licht. In der dunklen Küche ertastete er schließlich

Streichhölzer und eine Petroleumlampe, die überall komische Schatten warf, als er ein Zimmer nach dem anderen durchstöberte. In der Küche fand er einen Holzofen und im Wohnzimmer noch einen Kamin. Daneben lag ein Stapel Trockenholz. Vom Wohnzimmer ging ein Schlafzimmer ab, das vollkommen geräumt war, die Matratze abgezogen, ohne Decken. Das ganze Haus war geräumt, winterfest. Doch er suchte weiter in jedem Schrank und jedem Regal und jeder Schublade, unter dem Bett und der Couch und fand schließlich in einem Schubkasten zwei Laken und eine Decke.

Okay, sagte er. Und wo ist das Essen? Ihr bringt doch nicht jedes Mal alles mit. Etwas müsst ihr hierlassen. Dosen oder irgendwas. Wo ist das Zeug?

Er sah in der Küche nach, die erstaunlich leer war. Trotzdem fand er ein paar Suppendosen in einem Schrank und in einem anderen Dosengemüse.

Reicht nicht, sagte er. Reicht nicht. Ich habe einen halbwüchsigen Jungen bei mir, einen strammen jungen Burschen. Ihr müsst doch einen Keller haben, euer eigenes kleines Depot in so einem schmucken Häuschen. Er stapfte durch die Küche und suchte nach Falltüren und sah im Wohnzimmer nach, schlug den kleinen Teppich zurück, suchte im Schlafzimmer, und als er aufgegeben hatte und, gefolgt von seinem Petroleumschatten wie von einem flinken Doppelgänger, in die Küche zurückkehrte, entdeckte er im Durchgang zwischen Wohnzimmer und Küche eine Falltür.

Sesam, öffne dich, sagte er, hob sie an und fand den Keller, hundert Büchsen und Gläser und Flaschen und Tiefkühlpackungen mit Minestrone und Vanilleeis und in einem großen Beutel sogar vakuumverschweißte Pakete mit Räucherlachs. Okay, sagte er.

Roy war noch immer im Schlafsack. Jim schulterte ihn und

schob ihn durchs Küchenfenster, versuchte, den Schlafsack nicht an den Glasscherben auf dem Sims aufzureißen, und riss ihn dennoch etwas auf. Dann kletterte er hinterher.

An die Arbeit, sagte er. Wir müssen uns hier häuslich einrichten. Er schleifte Roy ins Schlafzimmer, wo er kühl bliebe und nicht im Weg war. Dann machte er Feuer im Küchenofen und beschloss, um Holz zu sparen, den Kamin im Wohnzimmer nicht anzuzünden. Er würde einfach hier in der Küche schlafen. So würde Roy auch kühler bleiben.

Er öffnete eine Dose Ravioli und stellte sie direkt auf die Herdplatte, wollte dann aber doch nicht so schludrig sein und füllte das Essen in einen kleinen Topf um. Er erhitzte Dosenmilch in einem weiteren Topf und machte sich eine heiße Schokolade. Das gönne ich mir, sagte er. Er aß gleich in der Küche beim Schein der Petroleumlampe und suchte rundherum nach Ablenkung, nach etwas zu lesen. Er dachte unablässig an Roy und Roys Mutter und wollte nicht an sie denken, also suchte er in der Hütte nach Lektüre und fand keine, fand aber schließlich im Schlafzimmer einige Familienfotos, nahm sie mit in die Küche und starrte sie beim Essen an.

Diese Familie sah nicht gut aus. Sie hatten eine papageienschnabelige Tochter und einen Sohn mit großen Ohren und eng aneinanderliegenden Augen und merkwürdig nach oben gekrümmtem Mund. Die Eltern waren auch keine Hingucker, der Mann ein stämmiger Strebertyp, und die Frau machte der Kamera zuliebe auf überrascht. Anscheinend fuhren sie überallhin in Urlaub. Kamele und Tropenfische und Big Ben. Jim mochte die Familie nicht und aß mit reinem Gewissen ihre Vorräte. Leckt mich doch, sagte er zu den Bildern, als er ihre Ravioli schlürfte. Allzu bald allerdings saß er im Licht der Lampe am Tisch und hatte keine Ablenkung mehr. Zeit, sagte er.

Er ging zum Boot zurück, obwohl es inzwischen dunkel war und sehr kalt, trug alle Sachen auf die Veranda, schleppte das Boot hinters Haus, ließ es dort liegen und schob seine Sachen durchs Fenster. Dann brachte er alles nach hinten zu Roy, der einfach immer noch im Schlafsack war, nichts tat, ganz unbeteiligt war, wie ein Pubertierender eben. Schön, sagte Jim zu Roy. Er ging zurück in die Küche und machte auf dem Fußboden sein Bett.

In der Nacht wachte er immer wieder mit der paranoiden Angst auf, etwas Fürchterliches sei passiert, erinnerte sich dann an Roy und weinte, und vor lauter Erschöpfung schlief er wieder ein. Er träumte nichts und sah nichts. Die Angst weckte ihn jedes Mal auf, Atemnot und Pulsrasen und das Gefühl, der Himmel stürze auf ihn nieder. Als er morgens, Stunden nach Sonnenaufgang, endlich aufstand, war das Gefühl noch nicht ganz verflogen.

Er schürte das Feuer im Ofen und wollte Wasser für Grießbrei kochen, aber aus dem Wasserhahn kam nichts. Okay, ihr Wichser, sagte er, ihr Papageien, wo ist der Haupthahn? Er suchte in der Küche und im Keller und ging um die Hütte herum und suchte nach Wasserhähnen, fand aber nichts. Er lief zum Schuppen, immer noch nichts, also suchte er zwei, drei Stunden lang den gesamten Hügel hinter dem Haus ab, Schritt für Schritt, und fand schließlich eine Leitung, die halb in der Erde vergraben und mit Rinde zugedeckt war. Auf Händen und Knien folgte er dieser Leitung, bis er den Hahn fand. Er drehte ihn auf, ging wieder hinein, und Wasser und Luft spuckten aus dem Wasserhahn.

Okay, sagte er, gib mir einen ordentlichen Strahl, und als folgten ihm die Dinge aufs Wort, hörte der Hahn auf zu spucken und entließ einen steten Strom klaren, kalten Wassers.

Er kochte Grießbrei, gab braunen Zucker hinein und setzte

sich hin, aber er brauchte wieder etwas zum Anschauen, und er hatte nichts. Er ging nach hinten, schleifte Roy in seinem Schlafsack her und versuchte ihn auf den anderen Küchenstuhl zu setzen, aber er ließ sich nicht richtig in Position bringen. Der blaue Schlafsack war inzwischen schrecklich mitgenommen, immer noch nass und oben ganz dunkel.

Okay, sagte er. Wenn du nicht ordentlich sitzen willst. Er durchsuchte die Schubladen nach Bindfaden und Schere, umwickelte Roy und band ihn an einen Sparren und ein Tischbein und einen Wandhaken, der für Töpfe oder dergleichen gedacht war, und da stand Roy in seinem Schlafsack, und Jim konnte sich zu Tisch setzen.

Dein Vater wird ganz schön schrullig, erzählte er Roy. Und daran bist du ja nicht ganz unbeteiligt. In Wahrheit allerdings, willst du die Wahrheit wissen? Also, in gewisser Weise geht es mir jetzt besser. Keine Ahnung, wieso.

Jim konzentrierte sich aufs Essen und spülte danach ab. Dann wischte er sich die Hände an seiner Jeans ab und wandte sich an Roy. Okay, großer Junge, sagte er, Zeit, in den Kühlraum zurückzukehren. Und er band Roy los, trug ihn zurück ins Schlafzimmer und fühlte sich auf einmal so verloren, dass er sich auf den nackten Holzboden legte und den Rest des Tages vor sich hin stöhnte ohne die allergeringste Ahnung, was er da tat oder warum. Das Zimmer war kalt und dämmerig und schien unendlich groß, und er ein winziger Flecken in seiner Mitte.

Abends, nach Einbruch der Dunkelheit, aß Jim allein. Ich habe keine Lust auf Gesellschaft, sagte er laut. Dann ging er im Wald spazieren.

Jim, Jim, Jim, sagte er laut, du musst was tun. Du kannst deinen Sohn nicht einfach im Schlafsack lassen, verschnürt und gekühlt im Schlafzimmer. Roy braucht ein Begräbnis. Er muss unter die Erde. Seine Mutter und seine Schwester müssen ihn sehen.

Er ging noch etwas weiter, ohne sich groß zu ducken, und wurde von vielen Zweigen zerkratzt, die Hand brannte von Brennnesseln. Es schien kein Mond und nichts, sodass er kein Fitzelchen sehen konnte.

Als er zu sprechen begann, stellte er sich vor, er wäre in einem Saal, in einer Verhandlung, und diese Worte würden an ihn gerichtet. Er saß an einem schweren Pult, hörte zu und bekam kein Wort heraus.

Wie war er verschnürt?, fragte jemand. Warum haben Sie Ihren Sohn bei Tisch angebunden? Hatte das überhaupt irgendeinen Sinn? Und der Schlafsack? War das auch Ihre Idee? Haben Sie das von langer Hand geplant? War dies der eigentliche Zweck Ihrer Reise? Es könnte Selbstmord gewesen sein, natürlich, aber es könnte auch Mord gewesen sein.

Dieser Gedanke brachte ihn ins Stocken. Er stand schwer atmend im Wald, hörte sonst nichts und dachte, dass sie das denken könnten. Wie sollte er jemals beweisen, dass er seinen Sohn nicht erschossen hatte? Und jetzt war er auch noch weggelaufen und bei jemandem eingebrochen und versteckte sich mit der Leiche. Wie sollte er das bloß alles erklären?

Jim hatte jetzt Angst um sich selbst und kehrte zur Hütte um, wusste aber nicht recht, in welche Richtung. Er lief wohl über eine Stunde und auf jeden Fall viel weiter als auf dem Hinweg, und noch immer konnte er keine Hütte oder irgendwas Vertrautes oder überhaupt irgendetwas sehen. Er war einfach in die Dunkelheit spaziert, ohne sich darum zu scheren, wo er hinlief.

Auf dem unebenen Boden stolperte er ab und an durch Haufen von totem Holz und Gestrüpp und wurde von allen

Seiten und von oben zerkratzt. Er hatte die Arme ausgestreckt und den Kopf abgewandt und lief seitwärts und hoffte, irgendwie den Weg zu finden, lauschte, hörte aber nur sich selbst und bekam allmählich große Angst vor dem Wald, als hätten sich hier all seine Verfehlungen versammelt und wollten sich nun an ihm rächen. Das war natürlich Unsinn, aber das zu wissen, erschreckte ihn noch mehr, weil es sich trotzdem so echt anfühlte. Er schien unsagbar klein und kurz davor, in die Knie gezwungen zu werden.

Er hielt immer wieder an und versuchte, stillzustehen und ruhig zu sein und zu lauschen. Er versuchte zu hören, welche Richtung er einschlagen musste, oder aber, weil das Unsinn war, zu hören, was hinter ihm her war. Sehr viel später, als der Himmel etwas aufklarte, sah er durch die Baumwipfel einige dumpfe Sterne. Er fror und zitterte und hatte noch immer Herzrasen, und die Angst war tiefer gesickert, hatte sich zu dem Gefühl verdichtet, dem Untergang geweiht zu sein, nie mehr Zuflucht zu finden oder schnell genug weglaufen zu können. Der Wald war unsagbar laut, lauter als sein pochender Puls. Äste knackten, alle Zweige und Blätter raschelten im Wind, überall huschte es durchs Unterholz, und weiter entfernt waren noch mehr Geräusche, die er sich aber vielleicht auch nur einbildete. Die Luft im Wald war dicht und schwer und Teil der Dunkelheit, als wäre sie mit ihr identisch, und sie bedrängte ihn von allen Seiten.

So fürchte ich mich schon mein ganzes Leben, sagte er. Das bin ich. Dann aber verbot er sich selbst den Mund. So ein Zeug denkst du nur, weil du verloren bist hier draußen, sagte er.

Es war unfassbar, dass er so lange zur Hütte zurück brauchte. Noch nie in seinem Leben hatte er sich im Wald verlaufen, und er war ständig in Wäldern, zum Jagen und Fischen. Ein falscher Schritt allerdings, sagte er sich, denn er wusste, dass man danach vielleicht nie wieder zurückfand, weil man nicht wusste, woher man kam, und keinen festen Ausgangspunkt mehr hatte. Das traf auch allgemeiner auf sein Leben zu, vor allem in Bezug auf Frauen. Die Beziehungen hatten sich so früh in seinem Leben verheddert, dass sich unmöglich sagen ließ, was gut war, und seit Roys Tod gab es überhaupt keine Orientierung mehr. Es spielte keine Rolle, ob er heute Nacht im Wald verendete, ob er einfach aufgab, sich hinlegte und erfror.

Er ging dennoch weiter, bis es heller wurde, und in der Morgendämmerung hatte er den Strand erreicht, indem er stetig bergab gelaufen war. Es war nicht der Strand vor der Hütte, und er wusste nicht, in welche Richtung er sich wenden sollte, aber es war ein Strand, und er schlug den Weg ein, der ihm richtig erschien, folgte ihm und wartete auf die Hütte.

Es war ein sonniger Tag, kalt und hell, der erste klare Tag seit langem. Er war sehr hungrig und müde und zerschunden, aber dankbar für die Sonne. Als er die Hütte auch nach mehreren Stunden nicht fand, drehte er um und schlug die entgegengesetzte Richtung ein, aber selbst das war in Ordnung. Etwa um die Mittagszeit, als die Sonne hoch oben stand, passierte er die Stelle, von der er losgelaufen war, und ging noch ungefähr eine Stunde lang weiter, bis er den Strand vor der Hütte erreichte. Er blieb stehen und stand da und betrachtete sie eine Weile, dann ging er hinein.

Alles war so, wie er es verlassen hatte, und Roy war noch im Schlafzimmer. Jim aß Suppe direkt aus der Dose, ohne sie aufzuwärmen, legte sich auf den Fußboden, wickelte sich in die Decke und schlief.

Als er aufwachte, fror er heftig, und es war Nacht. Er fand die Lampe und machte Feuer im Ofen. Ich werde ab jetzt vorsichtiger sein, sagte er, während er Holz nachlegte. Und ich kümmere mich um alles. Ich finde jemanden auf dieser Insel und benachrichtige Roys Mutter und bereite Roy eine zünftige Beerdigung. Heute gehe ich los.

Er aß noch eine Dose Suppe, danach Instant-Kartoffelbrei und schlief noch ein paar Stunden und wachte am Morgen auf. Okay, sagte er, sobald er die Augen geöffnet hatte, ich gehe.

Er steckte den Ofen wieder an und machte Frühstück. Beim Essen fiel ihm ein, dass er eine Nachricht hinterlassen sollte. Wer die Hütte so vorfand, aufgebrochen mit Roy hinten im Schlafzimmer, und merkte, dass er hier gehaust hatte, würde auf falsche Gedanken kommen. Und das Küchenfenster musste er auch verschließen, damit nichts hereinkam und sich über das Essen hermachte oder über Roy.

Jim kramte in den Schubladen und fand einen Stift und einen Umschlag, auf den er schreiben konnte. Ich bin Hilfe holen, schrieb er. Mein Sohn hat sich umgebracht und ist im hinteren Zimmer. Ich konnte niemanden erreichen. Mit dem Boot bin ich nicht weitergekommen. Ich laufe jetzt die Insel ab und versuche, Hilfe zu holen, dann komme ich zurück. Er las die Notiz mehrmals durch, und als ihm nichts Besseres einfiel, unterschrieb er sie, nahm sich einige Vorräte und steckte die Decke in einen Müllbeutel für den Fall, dass er draußen würde übernachten müssen.

Das Fenster war ein Problem. Er hatte keinen Hammer und keine Nägel oder überhaupt nur brauchbare Bretter. Also schleppte er den kaputten Außenborder zum Schuppen und zertrümmerte damit die Tür wie zuvor das Küchenfenster. Als das geschafft war, ruhte er sich aus und schöpfte Atem, befreite sich von den Holzsplittern und ging die Lampe holen, um den Schuppen zu durchsuchen.

Alle Werkzeuge waren dort: Axt, Schaufel, Sägen, Hammer, Nägel, selbst eine Schleifmaschine und eine Kettensäge und Ketten und eine Ratsche und Schraubenzieher und -schlüssel, alles rostete hier vor sich hin. Jim schlug mit der Axt ein großes Stück aus der Tür und trug es zum Küchenfenster, um es anzunageln. Zuvor allerdings ging er noch einmal hinein, um sich von Roy zu verabschieden und ihn von seinem Vorhaben zu unterrichten. Ich kümmere mich jetzt um alles, sagte er von der Schlafzimmertür aus. Tut mir leid, dass bisher alles so schiefgelaufen ist, aber jetzt habe ich den Dreh raus. Dann nahm er den Proviant und die Decke und die Nachricht, nagelte das Brett übers Fenster, nagelte die Nachricht an und zog los.

Es war bereits später Vormittag. Er hätte sich früher aufmachen sollen. Immerhin gehe ich überhaupt, sagte er sich. Er wanderte die Küste entlang über die gestrige Stelle hinaus. Er ging zügig weiter und hielt Ausschau nach Booten oder Hütten oder Trampelpfaden, die vielleicht von Menschen genutzt wurden. Es herrschte so klare Sicht, dass ein Boot sein Winken sehen könnte. Die Luft war auch nicht zu kalt, und die einzigen Wolken waren dünn und hoch oben.

Dieser Küstenstreifen mit gebändertem Stein und Sturmholz und dunklem Sand erschien Jim archaisch, prähistorisch. Auf seiner stundenlangen stillen Wanderung, während der er nichts weiter hörte als seine Schritte und hin und wieder einen Vogel und den Wind und kleine Wellen, kam er sich vor wie der einzige Mensch, der hergekommen sein mochte, um nachzusehen, was sich tat auf der Welt. Während er darüber nachsann, lief er katzenhafter, hüpfte von Stein zu Stein und sehnte sich nach dieser Schlichtheit, dieser Unschuld. Er wünschte, nicht der gewesen zu sein, der er war, und niemanden zu finden. Wenn er jemanden fand, müsste er seine

Geschichte erzählen, die, wie er sich nun selbst eingestand, nur schrecklich klingen konnte.

Er wanderte weiter um eine Landspitze nach der anderen, deshalb war ihm, als würde er die Insel umrunden, sicher war er sich allerdings erst, als die Sonne diesmal etwas weiter hinten unterging. Offensichtlich war es eine langgestreckte Insel, und es ließ sich nicht voraussagen, ob irgendwo jemand wohnte. Vielleicht gab es nur seine Hütte.

Die späte Sonne verharrte noch rot am Himmel, als die Felsen unter seinen Füßen kaum mehr zu erkennen waren. Der grüne Himmel über dem Rot verblasste und wurde blau. Jim ging weiter, bis es nicht mehr sicher war, bis er mit dem Gesicht beinahe gegen einen Aststumpf stieß, den er überhaupt nicht gesehen hatte. Dann blieb er stehen. Er ging in den Wald, wickelte sich in seine Decke und schnitt zum Abendessen ein Paket Lachs auf. Er war würzig und gut, anders zubereitet als bloß mit Salz und braunem Zucker. Kauend betrachtete er das bleiche Licht auf dem Wasser und lauschte dem Wald, der stiller schien als sonst, keinen Laut von sich gab als ein leichtes Wehen und gelegentliches Rasten, ohne jede erkennbare Regung eines Lebewesens.

Roy hatte nicht herkommen wollen. Jim begriff das jetzt. Roy war hergekommen, um ihn zu retten; er war hergekommen, weil er Angst hatte, dass sein Vater sich umbringen würde. Roy hatte sich nicht für diesen Ort interessiert oder die Einsiedelei. Jim hatte sich eingebildet, jeder Junge würde mit seinem Vater in Alaska siedeln wollen – wobei sie ja genau genommen gar nicht siedelten, weil er das Land mitsamt der Hütte gekauft hatte –, aber eigentlich hatte er dabei keine Sekunde an Roy gedacht und dessen Wünsche. Nicht einmal nach ihrer Ankunft. Sein Sohn war einfach da gewesen, und jetzt war sein Sohn weg. Das war das Komische.

Wenn Roy noch am Leben wäre und Jim ihn irgendwohin mitnehmen könnte, würde er mit ihm um die Welt segeln. Das hätte Roy sich eigentlich gewünscht. Das hatte er selbst gesagt. Und das hätte Jim ebenso mühelos arrangieren können wie diese Einsiedelei. Er hatte genug Geld für ein Boot, er konnte segeln, er hatte Zeit. Dafür allerdings hätte er Roy zuhören müssen. Er hätte ihn wahrnehmen müssen, als er noch lebte. Und genau das war wohl nicht passiert. Jim hatte an Rhoda gedacht und an andere Frauen.

Jim versuchte zu schlafen, legte sich mit seiner Decke ins Moos und drückte den Proviant gegen seinen Bauch. Egal, ob ein Bär kam, sein Essen würde er nicht hergeben.

Aber er konnte nicht schlafen. Er suchte nach Sternen, suchte immer weiter, obwohl keine da waren, hielt die Augen offen, obwohl es kein Licht gab und nichts zu sehen. Er malte sich aus, wie es gewesen wäre, durch den Südpazifik zu segeln. Er hatte Bilder gesehen von Bora-Bora. Dunkelgrüner Dschungel und schwarzer Stein, hellblaues Wasser und weißer Sand. Es wäre immer warm gewesen und entspannt, und sie wären Schnorcheln gegangen. Vielleicht hätten sie sogar Tauchen gelernt. Wozu überhaupt Lebenszeit an einem kalten Ort zubringen? Das wollte ihm nicht in den Kopf.

Jim war nicht müde, konnte sich nicht vorstellen zu schlafen, stand also wieder auf, packte seine Decke in den Sack mit den Lebensmitteln und ging vorsichtig zurück an den Strand.

Die Nacht war dunkel, ohne Sterne und Mond. Er konnte nichts sehen, obwohl seine Augen stundenlang Zeit gehabt hatten, sich an die Dunkelheit zu gewöhnen. Er setzte einen Fuß vor den anderen, tastend, bevor er sein Gewicht verlagerte. So ging er langsam, Schritt für Schritt, die Küste entlang, bis er zu nah ans Wasser trat, auf Seetang ausrutschte und hart auf nassen Fels aufschlug. Er stand schnell wieder auf und fiel erneut hin, stöhnte vor Schmerz in Ellbogen und Hüfte, fand seinen Proviantsack und kroch auf Händen und Knien zu trockenen Steinen, bis er sicher stehen konnte. Er ging weiter in den Wald, sein verletztes Bein zitterte, er legte sich unter die Decke und ruhte sich aus und merkte am Morgen, dass er geschlafen hatte.

An diesem zweiten Tag kam er gut voran, obwohl er von den Stürzen angeschlagen war. Sein Ellbogen schmerzte, als wäre der Knochen verletzt, und sein Bein wirkte schlecht eingehängt, aber das störte ihn nicht besonders. Er hielt nach Booten und Hütten Ausschau, zuversichtlich, jemanden zu finden. Aber dann fragte er sich, ob er sich womöglich auf der Insel Prince of Wales befand, der großen. Sie lag nicht so weit von ihrer entfernt, sah aus wie alles hier und war fast entlegener als Sukkwan, einfach durch ihre Größe. Weite Küstenstrecken waren unbewohnt, und vermutlich gab es auf der großen Insel auch mehr Bären. Er würde erst herausfinden, ob es sich um eine kleinere Insel handelte, wenn er sie umrundet hatte, aber noch ging die Sonne zu seiner Linken unter.

Um die Mittagszeit machte er Rast und aß etwas. Er setzte sich in den Schatten, obwohl die Sonne nur schwach durch einen Dunstschleier schien. Er sah keine Boote. Er hatte zu keinem Zeitpunkt Boote gesehen. Er fand es bemerkenswert, wie entlegen dieser Ort war. Er war ins Niemandsland gekommen und hatte das aus irgendeinem Grund für erstrebenswert gehalten; beim ersten Blick auf die Karte war ihm seine Hütte zu nah an Prince of Wales Island und den wenigen Städten an der Südwestküste erschienen, jetzt allerdings hätte er sich gern an diese Städte und die anderen kleinen Ortschaften auf den Nachbarinseln erinnert. Kolonien im Grunde, nur zwei, drei Häuser, praktisch ohne Straßen. Orte, die er immer verklärt hatte. Er hatte ein paar Familien gekannt, die so lebten, war in ihren eigenhändig erbauten Einraumhütten mit selbstgeschreinerten Kommoden und durch herabhängende Decken abgetrennten Schlafzimmern gewesen. Bärenfelle auf dem Boden und an den Wänden. Welcher Zauber wohnte diesen Orten inne? Was hatte die Wildnis an sich, dass ihm nichts anderes wirklich lebendig erschien? Es war völlig abwegig, denn er hatte es nicht gern unbequem und konnte nicht allein sein. Jeden Moment jedes Tages wollte er jemanden sehen. Er wollte eine Frau, irgendeine Frau. Landschaft bedeutete ihm nichts, wenn er sie allein betrachten musste.

Er packte seine Sachen zusammen und zog weiter. Binnen einer Stunde wich die Küste abrupt nach rechts zurück, und nun war er überzeugt, sich nicht auf einer großen Insel zu befinden. Als die Sonne unterging, sah er Rosa in den Wolken über dem Osten, der Blick nach Westen aber wurde durch den Wald versperrt.

Immer noch keiner, sagte er. Am Ende bringe ich den ganzen Winter hier zu.

Es wurde jede Nacht kälter. Mit dem warmen Wetter letzte Woche hatte er Glück gehabt, aber jetzt, das wusste er, würden Schnee und Regen zurückkehren. Er hatte nur seine warme Kleidung und die Decke bei sich. Bislang hatte das ausgereicht, doch bevor es zu kalt wurde, musste er jemanden finden oder zur Hütte zurück, wo er Roy gelassen hatte.

In dieser Nacht wachte er mehrmals zitternd vor Kälte auf. Im Traum wanderte er immer und immer im Kreis herum, und etwas war hinter ihm her. Am Morgen lag ein leichter Schneefilm auf den Bäumen, den der Nieselregen bis zum Mittag wegschmolz. Trotz seiner wasserdichten Jacke fühlte er sich kalt und durchnässt. Auf einem Baumstamm am Wasser aß er sein Mittagessen und dachte nach. Wenn sonst keiner auf der Insel war, musste er hierbleiben und warten. Bis zum späten Frühling, bis Mai wahrscheinlich oder Juni sogar, würden kaum Boote vorbeikommen, und die Leute, in deren Hütte er wohnte, wären nicht vor Juli oder August wieder da. Den Außenborder und das Funkgerät hatte er zerstört. Also würde er möglicherweise lange hier sein. Er fragte sich, ob sein Proviant ausreichte. Wahrscheinlich nicht, und er hatte weder sein Gewehr noch seine Angelausrüstung dabei. Zurück konnte er auch nicht, dorthin, wo Roy und er all die Vorräte eingelagert hatten.

Es war verrückt, wie viele Vorräte sie eingelagert hatten. Genügend, um eine kleine Kolonie durch den Winter zu bringen. Aber genau dazu hatte sich diese Reise für ihn entwickelt. Statt zu entspannen und seinen Sohn kennenzulernen, hatte er sich nur ums Überleben gesorgt. Und als endlich die Zeit gekommen war, mit dem Einlagern der Vorräte aufzuhören, hatte ihn Panik ergriffen; er wusste nicht, wie er sich die Zeit vertreiben, wie er den Winter überstehen sollte. Da hatte er angefangen, über Funk Rhoda anzurufen. Noch einen Monat, und er wäre abgereist, ganz bestimmt. Er hätte nicht bleiben können. Roy hatte geglaubt, dass sie bleiben würden.

Jim weinte wieder. Roy hatte gehen wollen, und er hatte ihn nicht gelassen. Er hatte ihn festgesetzt. Jim gab sich einen Ruck und stand auf. Er lief bis zur Abenddämmerung weiter und merkte erst dann, dass er gar nicht mehr Ausschau hielt, nur wanderte, ohne nach Booten oder Hütten zu suchen. Er glaubte nicht, dass er jemanden finden würde.

Diese Nacht war so kalt, dass er nicht schlafen konnte und stattdessen eine Art Bau zu errichten versuchte. Es war wieder pechschwarz, lichtlos, sodass er in der Dunkelheit genügend Zweige, Farn und dergleichen ertasten musste, um darin schlafen zu können. Er häufte alles der Länge nach auf und schlüpfte vorsichtig hinein. So war es viel wärmer, allerdings dachte er beim Einschlafen an all die Käfer und Kriechtiere in diesem Haufen, die sich wahrscheinlich in diesem Moment durch seine Kleider vorarbeiteten.

Die Tage verstrichen, einer war wie der andere. Es war eine ungeheuer lange Insel. Wäre er sicher gewesen, seine Hütte zu finden, er wäre einfach quer rübergelaufen, weil er inzwischen wusste, dass hier niemand lebte, aber er wusste nicht, wie breit die Insel war und ob er den Strand auf der anderen Seite wiedererkennen würde, selbst wenn es der Küstenstreifen war, den er bereits abgelaufen hatte. Also wanderte er weiter, die ganzen kurzen Tage lang, und wartete, eher wachend als schlafend, die Nächte ab.

In diesen Nächten dachte er an Roy, erinnerte sich an den kleinen Jungen, der in Ketchikan einen grünen Spielzeugtraktor gefahren und im Alter von drei Jahren mit Kochmütze auf dem Kopf auf einem Hocker gestanden hatte, um an die Rührschüssel zu kommen. Er erinnerte sich, wie Roy in seiner roten Jacke Heidelbeeren gepflückt, wie er Eiszapfen abgeschlagen und das Geweih gefunden hatte. Jim hatte es über den Zaun geworfen, weil es so klein war, und Roy hatte es entdeckt und wie den Kultgegenstand eines fremden Volkes gehütet. Geheimnisvoll und wunderbar war es ihm vorgekommen. Jim verstand nicht, wie daraus die letzten gemeinsamen Jahre mit Roy geworden waren, verstand die Umwälzungen nicht, und begriff erst jetzt in der Erinnerung, dass er Jahre von Roys Leben verpasst hatte, selbst in Ketchikan, als sie noch alle zusammenlebten, weil Jim an andere Frauen dachte, berechnend, bereits auf Abwegen. Er hatte sich ins Doppelleben mit anderen Frauen gestürzt und nichts und niemanden sonst wahrgenommen. Nach der Scheidung war er noch immer nicht aufgewacht, sondern weiter den Frauen nachgejagt. Insofern konnte er am Ende nicht sagen, wer Roy eigentlich war. Ihm fehlten zu viele Jahre seines Lebens.

Jim dachte über all das jetzt gefasster nach, als könnte er sich den Aufwand des Weinens nicht leisten, solange er versuchte, einfach nur warm zu bleiben und diese Nächte zu überleben. Da war ein solcher Luxus nicht drin. Wenn er bis zum Frühling überleben wollte, musste er sparsam wirtschaften.

Tagsüber versuchte er, voranzukommen, aber seine Schritte wurden immer langsamer. Schon vor einer knappen Woche war ihm der Proviant ausgegangen, und jetzt lebte er von Algen und Pilzen und kleinen Krebsen, die er bei Ebbe fing. Er trank, wenn er mal einen Bach überquerte, hatte aber oft tagelang Durst.

Die Krebse waren eigentlich sehr gut, auf die freute er sich. Sie waren bloß acht bis zehn Zentimenter breit, aber er nahm sie aus wie die größeren auch, packte all ihre Gliederbeine von hinten und schlug den Kopf so lange auf einen spitzen Stein, bis die Schale absprang. Dann brach er den Krebs entzwei, schüttelte die Innereien ab, spülte das Tier im Meerwasser und schlürfte das zarte, saubere Fleisch. Das machte er den ganzen Tag über, aß vier, fünf Krebse auf einmal. Schlimm wurde es eigentlich nur, wenn er tagelang nicht genug Frischwasser fand, die Lippen anschwollen und der Hals schmerzte. Morgens an Kiefernadeln zu saugen, brachte ein wenig Erleichterung, und häufig regnete es auch. Zum Glück lag kein Schnee. Das Wetter meinte es sehr gut mit ihm.

Er verlor sich in Träumen vom Südpazifik, davon, aus fremdartigen großen Blättern Wasser zu trinken und Früchte zu essen, die überall wuchsen. Mangos, Guaven, Kokosnüsse und wilde Früchte, die er noch nie gesehen hatte. Letztere waren in seiner Vorstellung violett und sehr süß. Die Sonne schiene unaufhörlich, und er würde unter Wasserfällen baden.

Eines Abends sah er im Westen einen Streifen Sonnenuntergang und wusste, dass er die Südspitze der Insel umrundet hatte. Jetzt befand er sich auf dem Heimweg. Er ging weiter um die Bucht herum, setzte sich zwischen die Bäume und betrachtete den schmalen Sonnenuntergang, der von wässrigen grauen Wolken verschlungen wurde. Dann scharrte er Strauchwerk zusammen, schlüpfte in den Bau und schlief.

Fünf Tage später erreichte er die Hütte. Er kam recht früh am Morgen an, nachdem er die Nacht knapp eine Meile entfernt geschlafen hatte. Scheiße, sagte er. Hier ist sie schon. Er stand eine Weile am Strand und blickte durch die Bäume auf die Hütte.

Sobald er auf die Veranda trat, wurde ihm klar, dass niemand hier gewesen war. Alles war genauso, wie er es zurückgelassen hatte. Die Nachricht war vom Regen verschliert und ausgeblichen, aber das war die einzige Veränderung. Er ging ums Haus, um den Hammer zu holen. Das schlaffe Schlauchboot war noch da, die zerbrochene Schuppentür, keine Veränderung.

Jim zog die Nägel aus den Brettern vor dem Küchenfenster und roch Roy, noch bevor er das erste Brett überhaupt entfernt hatte. Drinnen hing der Geruch dicht und schwer. Jim übergab sich gleich auf den Küchenboden, spuckte seine paar kostbaren Krebse und Pilze aus sowie Frischwasser, den Tau von gestern. Es schien eine furchtbare Verschwendung, auch wenn er wusste, dass er jetzt besseres Essen und Wasser bekam.

Er wusch sich am Küchenbecken und spülte den Mund aus. Der Gestank war erdrückend. In der Küche konnte Jim ganz gut sehen, aber die hinteren Räume würden dunkel sein, also entzündete er die Petroleumlampe und stemmte sich auf dem Weg nach hinten gegen den Geruch wie gegen einen starken Wind.

Roy war nicht mehr so steif wie vorher. Der Schlafsack lag jetzt auf dem Fußboden und war nass, und weißer Flaum wuchs selbst auf der Außenhaut. Jim versuchte, das Ende des Schlafsacks zu greifen, wich aber zurück. Es tut mir leid, Roy, sagte er und weinte seit längerer Zeit zum ersten Mal. Nun würde er ihn begraben müssen. Er hatte versucht, jemanden zu finden, hatte versucht, einen Weg zu finden, um ihn seiner Mutter und seiner Schwester zu zeigen und ihn zu bestatten, aber jetzt würde er ihn auf der Insel begraben müssen. Er hatte keine andere Wahl. Er konnte nicht mit diesem Geruch leben, konnte seinen Sohn nicht einfach hier verrotten lassen.

Erst mal musste er wieder raus, um Luft zu schöpfen. Er wartete auch, bis das Weinen aufhörte, dann ging er schnell wieder hinein, packte den nassen Sack und schleifte ihn zum Fenster. Als er ihn hindurchbugsierte, wurde der Inhalt zusammengemanscht, und ein bisschen von Roy sickerte durch die Risse im Schlafsack. Jim grunzte angewidert. Er konnte nicht fassen, was er da zu tun hatte.

Er nahm eine Schaufel und schleppte Roy weit in den Wald hinein. Er wollte ihn nicht zu nah an der Hütte haben, wollte Roys Grab nicht so nah haben, weil diese Leute ihn sonst vielleicht verlegen würden. Er ging so weit in den Wald, dass man Roy nicht finden würde, dann blieb er stehen und fing an zu graben. Die erste Handbreit Erde war hart, die zweite locker, bis er auf Stein, Wurzeln und Sand traf; das Graben war mühsam. Er schuftete den ganzen Tag, stach und schnitt Wurzeln, grub um Felsen herum und hackte sich mit der Schaufelspitze durch.

Er musste häufig verschnaufen und entfernte sich jedes Mal von der Grube und dem furchtbaren Geruch seines verwesenden Sohnes. Er setzte sich rund hundert Meter weiter und überlegte, wie er das alles erzählen würde. Er war sich nicht sicher, ob die Geschichte plausibel wäre. Jeder Schritt hatte sich zwangsläufig aus dem anderen ergeben, nur sahen die einzelnen Schritte nicht gut aus. Auch wenn er es sich nicht recht eingestehen mochte, ein Teil von ihm wünschte sich, niemals gefunden zu werden. Wenn keiner je zu dieser Hütte zurückkehrte oder nach ihnen suchte, müsste er die Geschichte nicht erzählen. Ihm war, als könnte er inzwischen mit dem leben, was passiert war, wenn er nur niemandem unter die Augen treten musste. Sein Sohn hatte sich umgebracht, und das war Jims Schuld, und jetzt begrub er seinen Sohn. Er konnte das glauben. Aber sonst sollte es keiner wissen.

Er schaufelte bis in den späten Nachmittag, fast bis zum Ende des Tages, und fand dann, das müsse reichen, denn im Dunkeln konnte er nicht weitermachen, also schleifte er Roy mitsamt dem Schlafsack in die Grube, weil er den Schlafsack nicht leeren wollte, stand da und fragte sich, wie er wohl in den wenigen Minuten, bevor er Erde hinabwarf und in die Hütte zurückkehrte, eine Beerdigung durchführen könne.

Ich wollte das nicht überstürzen, sagte er zu seinem Sohn. Ich weiß, das ist deine Beerdigung. Das sollte etwas Besonderes sein, und deine Mutter sollte dabei sein, aber daran kann ich jetzt einfach überhaupt nichts ändern. Ich bin einfach … Und hier stockte er und wusste nicht weiter. Er konnte nur denken, Ich liebe dich, du bist mein Sohn, aber das setzte ihm so zu, dass er nicht mehr sprechen konnte, also schaufelte er weinend Erde, häufte sie auf und trat sie fest und ging beinahe im Dunkeln zur Hütte und scherte sich kaum mehr darum, ob er sich verlief.

Der Geruch von Roy hing in dieser Nacht noch im Haus, auch am nächsten Tag und Spuren davon die ganze Woche über. Danach meinte Jim, ihn immer noch riechen zu können, aber der Geruch war so schwach geworden, dass er von der Phantasie nicht zu unterscheiden war. An kalten Tagen, wenn er verflogen schien, ging Jim durch die Räume und versuchte sich an ihn zu erinnern. Auch draußen, wenn er durch den Wald lief, roch er ihn manchmal, hielt inne und dachte an seinen Sohn. Er redete sich ein, nur noch in diesen Momenten an seinen Sohn zu denken, als wäre einzig diese eine Erinnerung stark genug, aber das stimmte natürlich nicht. Auf die ein oder andere Weise dachte er immer an Roy. Sonst gab es sehr wenig zu tun. Er hatte sich auf den Winter eingerichtet und wartete.

Es schien Jim, als habe er Roy nicht besonders gut eingeschätzt. Wie es schien, war Roy gefährlicher gewesen, als Jim gedacht hatte. Als habe er all die Jahre vorgehabt, sich umzubringen, und nur auf den passenden Augenblick gewartet. Das war wohl nicht sehr zutreffend, aber Jim hielt eine Weile an diesem Gedanken fest. Was, wenn der Selbstmord von vornherein in Roy angelegt gewesen war? Was dann? Das würde zumindest die Verantwortung verlagern. Und warum brachte man sich überhaupt um? Weshalb war Jim so davon überzeugt gewesen, dass er dazu fähig wäre? Das war jetzt schwer nachzuvollziehen. Es kostete Mühe, diesem Gedanken zu folgen. Jim glaubte nicht, dass er je wirklich zum Selbstmord geneigt hatte, nicht einmal, als er beschlossen hatte, vom Kliff zu springen. Selbst da hatte er bloß Selbstmitleid empfunden, mehr nicht.

Bei diesem Gedanken stockte Jim. Er hatte eine Weile nicht ans Kliff gedacht. Er fragte sich, was Roy davon gehalten hatte, fragte sich, ob Roy gewusst hatte, dass es Absicht gewesen war. Er hatte nie wirklich zugegeben, dass es Absicht gewesen war. Sonst wäre es schwieriger gewesen, Roy zum Bleiben zu bewegen. Aber Roy musste einen Verdacht gehegt haben.

Jim schüttelte diese Gedanken ab. Er erfand Ablenkungen. Er versuchte sich vorzustellen, wer ihn finden und wie und was er sagen würde. Das hausbackene Paar mit seinen Kindern im Schlepptau. Sie würden stehenbleiben, ihn ansehen und für gefährlich halten. Vielleicht wegrennen. Vielleicht würden sie wieder gehen, bevor er sie überhaupt zu Gesicht bekam, und er würde es erst merken, wenn die Polizei eintraf. Aber vermutlich würden sie ihn eher auf der Stelle empört angehen. Sie waren die Besitzer und fanden sonst bestimmt nicht viel Beachtung, daher würden sie hier hart durchgreifen. Ihn hinausschleifen und mit ihren Papageienschnäbeln und schiefen Augen attackieren und hacken und reißen, bis sie kleine Stücke ergatterten. Da dachte er an Roy am Strand und an die Möwen, und so quälte er sich Tag und Nacht unter dem Vorwand, sich die Zeit zu vertreiben und zu überleben.

Er hielt noch immer nach Booten Ausschau, an schönen Tagen. Die wenigen, die er entdeckte, waren zu weit weg. Er hatte keine Leuchtmunition. Ihm war der Gedanke gekommen, dass er versuchen könnte, einen riesigen Waldbrand zu legen, der zumindest Erkundungsflugzeuge anlocken würde, aber er wusste nicht, wie lange die brauchten oder ob er in den Flammen umkommen würde. Sein eigener Tod schien wahrscheinlich, wenn er auf einer Insel einen Waldbrand entfachte. Am Ende wäre er im Wasser und würde nach Luft ringen. Und die Vorstellung, dass Löschmannschaften die Erde umgruben, in der Roy lag, behagte ihm auch nicht.

Dann dachte er daran, eine andere Insel in Brand zu stecken, sollte er in der Nähe eine kleine, unbewohnte finden. Er könnte hinüberrudern, mit dem bisschen Sprit, das er übrig hatte, nachhelfen und zurückrudern oder einfach auf dem Wasser bleiben, wo sie ihn sehen könnten.

Keine schlechte Idee, sagte er sich. Das könnte klappen.

Aber er tat nichts. In diesen Gewässern herumzurudern, war nicht einfach, und er war noch nicht so weit, jemandem gegenüberzutreten. Also wartete er in seiner Hütte und schmiedete Pläne und sah die Flammen überall und sich selbst gerettet und versuchte, sich zu erinnern, wie Roy ausgesehen hatte, bevor er sich das halbe Gesicht weggeschossen hatte. Es war schrecklich, dass Roy Jim mit diesem Bild zurückgelassen hatte. Jim konnte sich an das alte Gesicht nicht erinnern, daran, wie sein Sohn ausgesehen hatte. Als wäre sein Sohn verstümmelt auf die Welt gekommen.

Wenigstens brauchte ihn sonst keiner so zu sehen. So viel Zeit war verstrichen, dass sonst keiner überhaupt etwas zu sehen brauchte. Das war eine gewisse Erleichterung. Er konnte nicht erklären, weshalb Roys Anblick ihn persönlich derart beschämt hätte. Aber so war es. Jetzt wollte er sich die Geschichte so zurechtlegen, dass die Ereignisse traurig, aber auch irgendwie unvermeidlich wirkten. Dass es schwer gewesen sei für Roy, aber wie schwer, das habe er nicht gemerkt, weil Roy nichts gesagt habe. Hätte Jim es doch nur gewusst, sie wären auf der Stelle abgereist, aber er hätte es unmöglich wissen können.

Dann widerten Jim diese Gedanken an. Er konnte seinen eigenen Verstand nicht ertragen.

Mitte Januar, und noch immer war niemand gekommen. Eigentlich bemerkenswert. Die Welt schien sie vergessen zu haben, obwohl sie wahrscheinlich kaum zehn Meilen von ihrem eigentlichen Standort entfernt waren. Jim nahm an, dass man ihre Hütte mit dem Blut auf dem Fußboden und den zertrümmerten Funkgeräten und dem fehlenden Boot inzwischen gefunden hatte. Der Sheriff oder irgendjemand hatte daraufhin gewiss die Gegend abgesucht, aber Jim hatte keinen einzigen Hubschrauber und kein Flugzeug gehört und seit Wochen kein Boot mehr gesehen und überhaupt nie eins, das nah genug herangekommen wäre.

Jims Vorräte gingen zur Neige, und er hatte vor lauter Sparsamkeit abgenommen. Er aß nur noch eine Mahlzeit am Tag, dazwischen kleine Happen. Nach seinen Berechnungen reichte das Essen auf diese Weise noch höchstens ein, zwei Monate, danach würde er Algen essen oder verhungern.

Er schlief jetzt die Nächte durch und manchmal sogar einen Teil des Tages. Das war am einfachsten und verbrauchte kein Essen, nicht mal Brennholz. Er hatte mehrere große Stücke aus seinem Gummiboot geschnitten, um sie auf seine Decke und die Laken zu legen, und trug einen zusätzlichen Pullover, den er gefunden hatte, sowie die Kleider, in denen er gekommen war. Er hatte bald drei Monate nicht mehr gebadet. Soweit er es beurteilen konnte, roch er schon beinahe wieder sauber.

Grübeleien versuchte er in dieser Zeit zu vermeiden. Wenn sie losgingen, fixierte er etwas, eine Deckenbohle oder die Dunkelheit selbst, um sich darin zu verlieren, den Gedanken keinen freien Lauf zu lassen, wobei sich das nicht immer verhindern ließ. Sie wiederholten sich und waren beharrlich. Roy, wie er sagt, dass er wegwill. Immer wieder sah er diese Szene vor sich, bekam sie nicht aus dem Kopf. Ein weiterer wiederkehrender Gedanke bezog sich auf seine Nachbarin Kathleen in Ketchikan, die erste Frau, mit der er hatte fremdgehen wollen. Ständig sah er den grauen Nachmittag vor sich, da er auf der nachbarlichen Seitenveranda gestanden, mit Kathleen geplaudert und sie gefragt hatte, ob sie rüberkommen wolle, Elizabeth sei nicht zu Hause. Der Abscheu in ihrem Gesicht. Sie hatte genau gewusst, worauf er hinauswollte. Elizabeth im Krankenhaus, schwanger mit Tracy. Nicht das beste Timing, erkannte er jetzt. Er dachte auch an Essen. Milchshakes insbesondere. Die wollte er am liebsten. Und gegrillte Koteletts. Hauptsächlich dachte er an Roy, und er besuchte ihn, wenn es draußen ruhig war und er sich rastlos fühlte.

Der Hügel war vom Regen eingedrückt worden; das Grab war jetzt eine von Pilzen und Farn überwucherte Mulde. Zunächst hatte er die Pilze herausgerissen, weil er sie lästerlich fand, doch als sie immer wieder nachwuchsen, ließ er sie irgendwann stehen, grauweiße Knollen und spitzere kleine Kegel wie Tipis. Er fragte sich, wie lange ein Nylon-Schlafsack brauchte, um sich zu zersetzen, und stellte sich vor, dass es wohl sehr lange dauerte.

Du lebst noch, sagte er eines Tages zu Roy. Ich habe darüber nachgedacht. Du erfährst nichts mehr; das Leben hat für dich aufgehört, als du gestorben bist. Aber mir passieren deswegen dauernd Dinge, und das macht dich lebendig, auf gewisse Weise. Und weil sonst keiner Bescheid weiß, weil deine Mutter nicht Bescheid weiß, bist du noch nicht ganz tot. Du stirbst noch mal, wenn sie es erfährt, und danach wird sie dich lange lebendig halten. Und selbst wenn wir alle tot sind, wird irgendjemand diesen Schlafsack ausgraben und dich wiederfinden. Wobei sie dich wahrscheinlich schon früher ausgraben. Um sicherzugehen, dass du es bist. Nach allem, was passiert ist, werden sie mir so schnell nichts mehr abnehmen.

Er sprach gern laut mit Roy, also machte er es sich zur Gewohnheit. Wenn nicht gerade mieses Wetter war, ging er nachmittags hinaus und plauderte eine Weile. Er plauderte über eine bevorstehende Rettung und über das Wetter, und hin und wieder gestand er ihm etwas. Ich war ungeduldig, sagte er zu Roy. Das weiß ich. Ich hätte mich etwas entspannen sollen. Ich fühlte mich einfach verantwortlich. Er sprach mit Roy über Kleinigkeiten, die ihn störten. An dem Tag, wo ich dich ertappt habe, sagte er. Wo du auf dem Plumpsklo gewichst hast. Ich habe immer noch ein schlechtes Gewissen. Ich bin damit wohl nicht so gut umgegangen. Ich hätte etwas sagen sollen, aber ich wusste einfach nicht, was.

In der ersten Märzhälfte jagte Jim am Ufer Krebsen nach. Sie waren noch da, sogar im Winter, schienen jetzt aber schneller zu sein. Wenn er nach ihnen griff, verzogen sie sich seitwärts in eine Spalte und verschwanden. Erst nach einer ganzen Weile wurde ihm klar, dass nicht die Krebse schneller geworden waren, sondern er langsamer. Er hatte seit einer knappen Woche keine richtige Mahlzeit mehr zu sich genommen. Er hatte sich hauptsächlich von Algen und Wasser ernährt. Und die Monate davor hatte er sparsam gelebt. Das war ein Fehler gewesen. Er hatte sich zu sehr geschwächt. Er ging in die Hütte zurück und überlegte, wie er die Krebse überlisten konnte.

Am nächsten Tag suchte er nach den Babys. Er hob Steine hoch, und siehe da, wie er gehofft hatte, fand er hin und wieder kleine Kolonien von Babykrebsen, die zu klein waren, um vor ihm zu fliehen. Er nahm eine Handvoll, und da er nicht wusste, wie er sie auf seine übliche Art ausnehmen sollte, aß er sie einfach ganz, zermalmte sie und schluckte sie mitsamt Schale und Innereien hinunter.

Bald kacke ich Muschelketten, sagte er zu ihnen. Das wird richtig hübsch. Er kaute ordentlich, damit die Stücke nicht zu groß wieder rauskamen.

An Roys Grab sprach er lange über Roys Mutter, wie sie sich kennengelernt hatten und was schiefgelaufen war. Sie war erst meine zweite richtige Freundin, ehrlich, erzählte er Roy. Mein Bruder meint, das war ein Fehler, gleich die zweite zu heiraten, und wahrscheinlich hat er recht. Es ist so, dass die erste mich abserviert hatte, und da hatte ich wohl die ganze Zeit Angst, als ich mit deiner Mutter zusammen war. Und es gab so manches, was von vornherein nicht passte. Ihre Eltern, zum Beispiel. Die mochten mich nicht, fanden mich zu bäuerlich, weil sie Geld hatten. Vor allem mit deinem Großvater kam ich nicht klar. Der Mann war ein Arschloch. Deine Mom wollte ihn nicht kritisieren, aber er hat ständig seine Frau geschlagen und noch anderen Dreck am Stecken gehabt. Darüber konnten wir nicht reden. Und insgesamt wollte sie, dass ich mehr rede, sie mehr unterhalte. Ungefähr nach einem Jahr Ehe erzählte sie mir, sie hätte einfach erwartet, dass ich irgendwann was Interessantes zu sagen habe. Das hört man ja nicht so gern. Ich glaube, sie hat über ihre Worte nicht immer groß nachgedacht. Egal.

Jim sprach gerade mit Roy, als er hörte, wie das Boot näher kam und langsamer wurde. Er stand auf und trottete so schnell er konnte zum Strand, dann aber blieb er stehen. Er konnte es hören da draußen, den untertourigen Motor, wahrscheinlich nahmen sie die Hütte in Augenschein, aber er konnte sich nicht entschließen, ganz hinunterzulaufen und sie herbeizuwinken. Das war heute irgendwie zu viel. Er war noch nicht bereit. Er versteckte sich im Wald und wartete unsicher, dann hörte er den Motor aufheulen, und das Boot war weg.

Jim ging zum Grab zurück. O Gott, sagte er. Ich kann nicht

fassen, was ich da gerade getan habe. Irgendwas stimmt nicht. Ich bin noch nicht bereit, jemandem von dir zu erzählen.

In der Nacht lag er unter all seinen Decken und fragte sich, wie es weiterging. Er konnte nicht hierbleiben und hungern, allerdings hatte er sich heute Nachmittag gerade dafür entschieden. Er konnte Roy nicht ewig verstecken. Roys Mutter und Schwester mussten benachrichtigt werden. Jim war so verwirrt, dass er zum ersten Mal seit Wochen weinte. Ich habe einfach keine Ahnung, sagte er immer wieder laut zur Zimmerdecke.

Am nächsten Tag blieb er im Bett und ging nicht ans Grab. Er jagte auch keine Krebse und nahm auch nichts zu sich. Er wollte immer wieder aufstehen, aber draußen war es kalt, und er war mit seinen Tagträumen beschäftigt, die er weiter fortspann, und schloss die Augen, bis die Nacht anbrach und er noch im Bett lag.

Er dachte an Lakeport, die Highschool und die vielen Stunden, die er bei Safeway gearbeitet hatte. Das hatte ihm ganz schön gestunken, er wusste, dass es Zeitverschwendung war, dass es nichts brachte, weil er am Ende sowieso was anderes machen würde. Und Mückentöten im Frühling. Er erinnerte sich, wie sie den Teich geölt und Insektenspray versprüht hatten, um die Mücken unten zu halten. Große Behälter mit Chemikalien. Er fragte sich jetzt, was da drin gewesen war. Bestimmt nichts Gutes.

Damals hatten seine Nebenhöhlenbeschwerden angefangen. Chronische Entzündungen und dann die Kopfschmerzen. Die waren jetzt wieder da, die Kopfschmerzen. Das hatte ihn dem Selbstmord am nächsten gebracht, dieser Schmerz im Kopf. Dem war unmöglich zu entgehen, man konnte einfach nicht drüber hinwegschlafen. Seit schätzungsweise zwanzig Jahren konnte er nun schon nicht mehr richtig schlafen.

Er hätte sich operieren lassen sollen, aber die Vorstellung gefiel ihm nicht. Als Zahnarzt hatte er zu viele Patienten bearbeitet. Er wusste, wie brutal Eingriffe waren, und kannte die schrecklichen Risiken.

Eine weitere, sogar noch frühere Erinnerung betraf das Boot, das sie auf dem See liegen gehabt hatten, ein altes umgebautes Marineboot aus den 1920er Jahren. Sie hatten den Rumpf neu beplankt, fuhren an warmen Sommernächten hinaus und sangen da draußen auf dem Wasser. Genau das hätte er jetzt gern, das hatte er Jahrzehnte nicht gehabt: eine Gemeinschaft und einen festen Ort und das Gefühl, dazuzugehören. Wo war das abgeblieben?

Am nächsten Tag stand er auf und suchte nach Krebsen. Jetzt, bei Ebbe, gab es eine Menge zur Auswahl. In einem Tümpel fand er eine Art kleinen Felsenbarsch, den er schließlich mit einem Stock tötete. Er war stachelig, aber er nahm ihn an Ort und Stelle mit seinem Taschenmesser aus und verspeiste ihn roh. Dann setzte er sich schmatzend in die Sonne, die sich ausnahmsweise zeigte. Das war verdammt gut, sagte er. Das war mal eine Mahlzeit.

Er rundete sie mit Algen ab, ging in die Hütte, um Wasser zu trinken, und dann Roy besuchen. Hab in letzter Zeit nicht mehr so viel an dich gedacht, erzählte er Roy. Hab mehr über mich nachgedacht, als ich in deinem Alter war. Wie ich direkt vorm Haus Enten gejagt habe. Sonnenbarsche und Wels nachts auf dem Pier mit einer Laterne. An all das habe ich auch gedacht. Mir scheint, ein Leben ist eigentlich viele Leben, und das summiert sich, da kommt ordentlich was zusammen. Mein damaliges Leben war überhaupt nicht wie mein jetziges Leben. Ich war jemand anders. Allerdings macht es mich traurig, und das ist wohl auch der Grund, weshalb ich das alles anspreche, dass du gar keine anderen Leben mehr bekommst. Du hattest höchstens zwei oder drei. Frühe Kindheit in Ketchikan, dann das Leben mit deiner Mutter in Kalifornien nach der Scheidung. Das macht zwei. Vielleicht war das hier draußen mit mir der Anfang vom dritten. Aber weißt du, du hast dich umgebracht, ich hab dich nicht umgebracht, das hast du jetzt davon.

Den restlichen Nachmittag stöberte Jim im Schuppen herum und nahm all die rostenden Werkzeuge und verschiedenen Basteleien in Augenschein. Er unternahm mehr, vor allem, weil es seltsam warm war. Normalerweise blieb er nicht so lange draußen. Aber im Grunde war der Winter im Südwesten nicht der Rede wert. Er hatte sich mit dem Depot und alldem verrückt gemacht. Hier draußen zu überleben, war gar nicht so schwer.

Eine Zeitlang schien Jim weder Gedanken noch Erinnerungen nachzuhängen. Er blieb im Bett und starrte an die Decke. Wenn er rausging, starrte er die Bäume an oder die Wellen. Das Wasser war ruhig, keine Schaumkronen. Mehr Brandung als Wellen zuweilen, das Wasser grau und undurchsichtig und kompakt. Manchmal saß er bei Roy, aber gesprochen wurde nicht mehr. Er war bereit, in sein Leben zurückzukehren, zu anderen Menschen.

Doch er blieb. Ein Sturm zog eine Woche lang über die Insel hinweg, und er hatte nichts zu essen. Er wollte nicht rausgehen. Die Hütte schien unter dem Druck nachzugeben. Hagel prasselte gegen die Scheiben, Regen, Schnee, ungeheuerliche Winde, die ganze Zeit dunkel. Er hasste diesen Ort. Er wollte einen Jacuzzi.

Als der Sturm endlich aufhörte, war er so verzweifelt und ausgehungert, dass er beschloss, das Feuer zu legen. Zwar war alles nass, dennoch ging er mit seinem Reservekanister und einer Schachtel Streichhölzer in den Wald. Unterwegs verschnaufte er mehrmals. Er fand eine Stelle mit viel totem Holz und eng gruppierten Bäumen, tränkte so viel Holz wie möglich mit dem Sprit, entzündete ein Streichholz und trat zurück, sobald es aufflackerte. Als die Flammen das Totholz verschlangen und die kleinen Bäume hinaufleckten, fing er aufgeregt an zu schreien. Die Hitze war wunderbar. Zum ersten Mal seit dem Sommer richtig warm, so kam es ihm vor. Jim blieb so nah dran wie möglich, so nah, dass sein Gesicht heiß wurde und womöglich ansengte. Der Rauch nebelte die Baumwipfel ein und den Abendhimmel, und das Feuer übertönte alles andere. Jim tanzte am Rand und beschwor das Feuer, alles zu verschlingen. Wachse, schrie er. Wachse.

Und es wuchs, schnell. Es nahm sich die ganze Fläche, wo Roy begraben war, brannte bis zum Ufer und zog über die Küste Richtung Hütte. Jim hoffte, es würde sich auch noch in andere Richtungen ausbreiten. Der Wind wehte zur Hütte, also fraß sich das Feuer dorthin durch. Kurz dachte er, er hätte es auf der anderen Seite legen sollen, damit die Hütte gegen den Wind stand, aber dann war es ihm egal. Soll doch alles abfackeln, dachte er, und dann sollen sie mich holen kommen. Ich kann nicht den Rest meines Lebens hier draußen zubringen.

Im Laufe der nächsten Stunde, bei Sonnenuntergang, wurde das Feuer größer, und als es die Hütte erreichte, fing es an zu regnen. Jim zürnte dem Himmel und drohte, den Regen zu bestrafen, der aber fiel weiter. Das Feuer verbrannte einen Teil des Dachs und eine Hüttenwand, erstarb, rauchte und roch schließlich nur noch. Es war mitten in der Nacht. Jim ging ins Schlafzimmer, das verschont geblieben war und jetzt eher nach Rauch roch als nach Roy, und schlief.

Als das Dach über der Küche unter dem schweren Regen einbrach, wachte er auf. Es war ein gigantisches Krachen, da er aber wusste, was es war, stand er nicht auf. Er schlief wieder ein und erwachte am Mittag nass und zitternd. Das Dach über ihm war zwar noch in Ordnung, aber der Regen blies seitwärts in sein Zimmer.

Findet mich endlich, sagte er. Jetzt.

Später ging er durch den verkohlten Wald zu Roys Grab. Der Regen hatte aufgehört. Jim war sich nicht ganz sicher, ob er die Stelle fand, aber die Mulde war noch da und die verkohlten Baumstümpfe in etwa dort, wo sie sein sollten, also setzte er sich zitternd in die nasse schwarze Asche und verweilte.

Ich weiß nicht, antwortete er Roy. Vielleicht sehen sie es, vielleicht sehen sie es und scheren sich nicht drum. Immerhin brennt es nicht mehr, es ist kein Feuer.

Im unversehrten Teil des Waldes schälte er gerade Rinde zum Essen ab, als er den Hubschrauber hörte, der über ihn hinwegflog, zurückkehrte und vor der Küste nahe der Hütte im Schwebeflug verharrte. Er lief so schnell er konnte aus dem Wald, kam aber nur sehr langsam voran und musste mehrmals Pause machen. Der Hubschrauber war noch da, als er aus dem Wald trat und winkte.

Hey, schrie er. Ihr seht wunderschön aus. Er winkte weiter. Kommt schon, schrie er.

Er nahm an, dass sie nirgendwo aufsetzen konnten, denn sie kamen nicht runter. Es war ein Polizei-Hubschrauber, allerdings ohne Schwimmer. Jim sah ihre Gesichter, zwei Männer mit Kopfhörern und Kappen und Sonnenbrillen. Er winkte und rieb sich die Arme, um anzudeuten, wie kalt ihm war, und sie winkten zurück. Ihre Maschine schien Jim ein modernes Wunder. Sie schwebten noch etwa fünf Minuten, bevor der Lautsprecher ertönte.

Wir haben ein Wasserflugzeug gerufen, teilten sie ihm mit. Sie werden in ein, zwei Stunden abgeholt. Wenn Sie James

Edwin Fenn sind, heben Sie bitte zur Bestätigung den rechten Arm.

Jim hob den rechten Arm. Als sie aufstiegen, umdrehten und wegflogen, war Jim ganz aufgeregt. Er war jetzt bereit für ein normales Leben.

Ein, zwei Stunden später, nachdem er zur Hütte zurückgekehrt war, den Ofen freigelegt und sich ein wärmendes Feuer gemacht hatte, weil er eine Unterkühlung fürchtete, kam ein Wasserflugzeug in den Kanal geflogen, neigte sich und setzte hart in der engen Mündung vor seinem Strand auf. Jim stand am Wasser und winkte. Sie fuhren heran, bis die Schwimmer den Kiesgrund streiften, und schalteten den Motor aus. Zwei uniformierte Männer stiegen auf die Schwimmer, der Pilot blieb im Flugzeug.

Hi, rief der Chef.

Jim winkte. Schön, dass Sie hier sind, sagte er. Ich war drüben auf Sukkwan mit meinem Sohn.

Da waren wir auch, sagte der Mann. Wir haben Sie und Ihren Sohn gesucht. Sheriff Coos.

Sie gaben sich die Hand.

Wir haben uns Sorgen gemacht. Haben seit fast zwei Monaten eine Vermisstenanzeige für Sie beide laufen.

Also, ich war hier. Hören Sie, mein Sohn ist tot, er hat sich umgebracht. Also bin ich los, um Hilfe zu holen, und habe keine gefunden. Da bin ich hier gelandet und musste den Winter überstehen. Ich habe den Leuten hier die Hütte ziemlich verwüstet, aber dafür komme ich auf; ich musste das machen, um zu überleben. Ich habe meinen Sohn draußen im Wald begraben.

Wow, sagte Coos. Noch mal ganz langsam. Ihr Sohn hat sich umgebracht?

Ja.

Okay, sagte Coos. Leroy hier nimmt Ihre Aussage auf. Er muss das alles festhalten.

Jim wartete und erzählte langsamer, vollständiger, wenngleich noch immer nicht die ganze Geschichte. Sie sagten, sie würden die komplette Aussage aufnehmen, wenn sie in die Stadt zurückkämen. Für den Moment notierten sie das Wichtigste, dann wollten sie sehen, wo er Roy begraben hatte.

Die Männer blieben ihm dicht auf den Fersen. Jim versuchte vergeblich, schneller zu gehen. Dann kam er durcheinander und konnte Roy nicht finden. Moment, sagte er. Hier muss es irgendwo sein. Es ist schwer zu finden wegen des Feuers. Ich war heute schon hier und habe mit ihm geredet, aber jetzt kann ich es nicht finden.

Schweigend standen sie bei ihm. Er wusste, das sah nicht gut aus, es sah aus, als versuchte er, Roy nicht zu finden, und das versetzte ihn in Panik und machte es noch schwerer. Jedes verkohlte Stück Wald sah auf einmal aus wie das andere. Ich kann das nicht, sagte er, es tut mir leid, aber ich kann ihn heute nicht finden.

Er drehte sich zu Coos um. Jim wusste, dass der mit sich reden ließ. Ich habe so lange niemanden gesehen, sagte er.

Ich habe Verständnis für Ihre Situation, sagte Coos. Und wir bringen Sie heute noch nach Hause. Aber Sie müssen Ihren Sohn finden.

Jim suchte weiter, bis er stehenblieb, feststellte, dass er in einer kleinen Mulde stand, und seine Fußabdrücke entdeckte. Das war das Grab. Er fing unwillkürlich an zu weinen und sagte, Hier ist es.

Jim entfernte sich vom Grab und setzte sich, während die Männer die Mulde untersuchten und Leroy Fotos machte und schließlich zum Flugzeug zurückging, um eine Schaufel zu holen.

Tut mir leid, sagte der Sheriff. Aber wir können die Leiche nicht hierlassen. Sie verstehen.

Natürlich, sagte Jim. Er legte sich auf die Seite, um ihnen zuzusehen. Am Boden roch es so stark nach Rauch, dass das Atmen schwerfiel, aber im Liegen fühlte er sich sicherer, und er hatte nicht vor, aufzustehen. Er würde zusehen, und bald würde er Roy zünftig bestatten lassen. Und wenn sie ihm irgendwas anhängen wollten, würde er sich einen guten Anwalt nehmen und aus der Sache rauskommen. Er hatte nichts Böses getan. Sein Sohn hatte sich umgebracht, und auch wenn Jim danach gegen viele Gesetze verstoßen hatte, war das doch alles notwendig gewesen, um zu überleben. Jim hatte enormes Mitleid mit sich und hasste den Sheriff und Leroy, was völlig unangemessen war, das wusste er. Sie taten bloß ihre Pflicht, und noch hatten sie ihm gar nichts zur Last gelegt.

Sie gingen behutsam vor. Und fotografierten. Als sie schließlich zum Schlafsack vordrangen, machten sie viele Fotos, vom ersten Zipfel bis zum freigelegten Schlafsack, dann öffnete Leroy ihn und übergab sich.

Coos übernahm und öffnete den Schlafsack ganz, den Inhalt fotografierten sie mit Blitz, holten ihn aber nicht heraus. Sie machten den Schlafsack wieder zu, und Leroy holte einen großen Klarsichtsack aus dem Flugzeug. Sie steckten den Schlafsack und Roy hinein und verschlossen ihn mit Klebeband.

Sie sind verhaftet, sagte Coos zu Jim. Und dann las er Jim seine Rechte vor.

Wie bitte?, fragte Jim, aber sie antworteten nicht. Gemeinsam zogen sie ihn hoch, und Leroy hielt ihn am Arm fest, während sie über Asche, Felsen und Strand zum Wasser gingen.

Sie luden Roy hinten ein und platzierten Jim auf einen der

Achtersitze. Der Pilot fuhr an, jagte den Motor hoch, und das Flugzeug hob ab. Jim wurde schwindelig auf dem Flug, und er schlief, bis sie wieder auf dem Wasser landeten.

Als sie ausstiegen, stellte er zu seiner Überraschung fest, dass sie in Ketchikan waren. Hier hatte er mit Elizabeth und Roy gelebt, und Tracy war hier geboren worden, kurz bevor alles auseinanderbrach.

Wir haben die Mutter des Jungen benachrichtigt, sagte Coos. Und wir bringen Sie ins Krankenhaus, zur Untersuchung.

Danke, sagte Jim.

Schon gut. Aber ich sage Ihnen, wenn Sie Ihren Sohn umgebracht haben, und das glaube ich, dann sorge ich dafür, dass Sie in den Knast wandern, und wenn Sie da jemals wieder rauskommen, bringe ich Sie eigenhändig um.

Himmel, sagte Jim.

Der Arzt untersuchte ihn rasch und befand, er brauche nichts außer Essen, Wasser und Ruhe. Er sah sich Jims Nasenspitze an und sagte, ihm sei ein kleines Stück abgefroren, aber da könne man nichts machen. Danach wurde Jim ins Büro des Sheriffs gebracht, wo er eine längere Aussage machen sollte. Für den Rest des Tages ließen sie ihn seine Aussage mehrmals wiederholen. Dabei kehrten sie immer wieder zu der Frage zurück, weshalb sein Sohn sich hätte umbringen wollen.

Ich wollte mich umbringen und war auch nah dran. Ich hatte über Funk mit Rhoda gesprochen, und ich hatte es eigentlich vor. Roy hat das eine Weile ziemlich ausführlich mitbekommen. Nicht nur am Funkgerät, sondern auch, wenn ich mit ihm darüber geredet habe und wenn ich geweint habe und so.

Jim schüttelte den Kopf. Er kam nur mit Mühe weiter,

bekam schwer Luft. Seine Lunge wurde ganz klebrig. Also saß ich da mit der Pistole am Kopf, ich war bereit. So saß ich eine ganze Weile da und schaffte es nicht, abzudrücken. Ich dachte die ganze Zeit, Was, wenn ich mich irre. Aber Roy kommt rein und sieht das und guckt mich so an, dass ich nicht weiß, was ich machen soll, also schalte ich das Funkgerät aus und gebe ihm die Pistole und gehe raus. Das war überhaupt keine böse Absicht. Ich hatte keine Ahnung, was er vorhat.

Erzählen Sie uns, was dann passiert ist, Jim.

Also, ich war frische Luft schnappen und hörte den Schuss, und selbst da kapierte ich nicht, was passiert war, also bin ich noch weiter rumgelaufen wie so ein Armleuchter, dann bin ich zurückgekommen und habe ihn gefunden.

Was haben Sie gesehen, als Sie ihn gefunden haben?

Herrgott. Was wollen Sie denn noch? Er lag da. Er hatte sich den Kopf weggepustet. Sie wissen, wie so was aussieht.

Nein.

Nein? Na, er hatte nur noch ein halbes Gesicht, und Teile von ihm waren überall, und ich konnte ihn beim besten Willen nicht wieder zusammensetzen.

Was haben Sie danach mit der Leiche gemacht?

Ich habe sie begraben. Aber dann wurde mir klar, dass er eine Beerdigung braucht mit seiner Mutter und seiner Schwester, also habe ich ihn wieder ausgegraben, und dann habe ich wohl nach einem Boot oder einer Hütte oder jemandem mit einem Funkgerät gesucht.

Was ist mit Ihren Funkgeräten passiert?

Ich habe sie kaputt gemacht.

Wann?

Gleich, nachdem er sich umgebracht hatte. Ich weiß nicht, warum.

Sie haben gleich nach dem Tod Ihres Sohnes die Funkgeräte zerstört. Damit niemand Sie kontaktieren kann? Hatten Sie etwas zu verbergen?

Hören Sie auf, sagte Jim. Hören Sie auf mit dem Schwachsinn. Ich habe sie nun mal kaputt gemacht, und dann bin ich losgezogen und habe niemanden gefunden und musste in diese Hütte einbrechen, um zu überleben, solange ich wartete. Sie haben ewig gebraucht, um mich zu finden, und dazu musste ich die halbe Insel abfackeln. Sonst würde ich da immer noch vor mich hingammeln.

Wer hat vor sich hingegammelt?

Halt's Maul, du Wichser.

Mr. Fenn, darf ich Sie daran erinnern, dass wir eine Menge gegen Sie in der Hand haben, nicht nur den Mordverdacht. Sie sollten Entgegenkommen zeigen und unsere Fragen beantworten.

Ich bin Zahnarzt. Das ist ungeheuerlich. Ich habe meinen Sohn nicht getötet.

Mag sein.

Das war die erste von vielen Sitzungen. Sie wollten die Geschichte immer wieder hören, in allen Einzelheiten, und versuchten, Widersprüche zu entdecken. Warum Roy im Schlafsack gelegen habe. Wo die Pistole sei, etwas, das Jim tatsächlich nicht beantworten konnte. Wo er sie gelassen habe. Er konnte sich nicht erinnern, sie irgendwo gelassen zu haben. Er wusste nur noch, dass sie auf dem Boden gelegen hatte, aber sie hatten nichts gefunden. Also hatte er ganz offensichtlich etwas damit gemacht.

Dass er die Funkgeräte demoliert hatte, war ein weiterer Punkt, auf den sie immer wieder zurückkamen. Und dass er von dem kleinen Kliff gesprungen war. Und Roy die Pistole gereicht hatte. All das immer und immer wieder, bis Jim sich nicht mehr ganz sicher war, ob irgendetwas davon sich so zugetragen hatte wie in seiner Erinnerung. Es erschien ihm allmählich wie die Geschichte eines anderen.

Sie behielten ihn mehrere Tage im Gefängnis, ohne dass er telefonieren durfte. Niemand außer dem Arzt wusste, wo er war, bis sie schließlich einen Anwalt zu ihm ließen. Aber dieser Mann sagte nicht viel. Er schritt bloß vor Jims Zelle auf und ab und sagte, Sie wollen einen eigenen Anwalt, stimmt's? Ist es das, worum sie mich gerade bitten?

Ja, sagte Jim.

Na gut, sagte der Mann. Ich besorge Ihnen einen, er kommt noch heute.

Dann ging der Mann. Lange danach kam ein anderer Mann in Anzug und Krawatte.

Norman, sagte der Mann. Seien Sie froh, dass Sie mich haben. Es klingt so, als würden Sie tief in der Klemme stecken. Doch zunächst hätte ich gern gewusst, ob Sie mich überhaupt bezahlen können.

Ich muss hier raus, sagte Jim. Gegen Kaution oder was auch immer. Das ist alles. Ist mir egal, was es kostet.

Schön, sagte Norman. Dann weiß ich Bescheid.

Es dauerte fast eine Woche, bis Jim dem Haftrichter vorgeführt wurde und gehen konnte. Er wollte nach Kalifornien fliegen, um Elizabeth und Tracy und Rhoda zu sehen und alles zu erklären, aber er war nur unter der Bedingung freigelassen worden, Ketchikan nicht zu verlassen, also nahm er ein Taxi zu einem Hotel im Zentrum, einer kleinen Klitsche namens Royal Executive Suites. Vor acht Jahren hatte sich Jim hier in Ketchikan mit dem Besitzer angefreundet, der damals ein junger Bursche war, frisch von der Fähre. Der Mann war hierher gezogen, und obwohl er Mormone war und Jim nicht, hatte Jim ihn zum Fischen mitgenommen, ihn bei sich wohnen lassen und ihm bei der Arbeitssuche geholfen. Er hieß Kirk und hatte jetzt keine Zeit für Jim, gab ihm aber ein Zimmer zum doppelten Preis.

Jim blieb in seinem beheizten Zimmer, um zu telefonieren. Er rief Roys Mutter Elizabeth an, bekam aber nur den Anrufbeantworter. Nach dem Signalton stand er da mit dem Hörer in der Hand und hatte keine Ahnung, was er sagen sollte. Entschuldigung, sagte er schließlich und legte auf. Dann überlegte er, ob er Rhoda anrufen sollte, aber dem Gespräch fühlte er sich noch nicht gewachsen. Eigentlich fühlte er sich gar keinem Telefongespräch gewachsen, also ließ er es sein.

Für den Rest des Tages saß er auf einem Stuhl am Fenster, sah aufs Wasser und hing losen Gedanken nach. In einem Tagtraum malte er sich aus, wie Roy angeschossen wurde und Jim die Täter zur Strecke brachte, einen nach dem anderen um die Hütte herum mit der Flinte abknallte, Roy danach zum Schlauchboot trug und zur nächsten Insel hinüberbretterte, wo er ein Fischerboot fand und Roy an Bord brachte. Sie legten ihn an Deck zum Rotlachs, und Jim drückte seinen Brustkorb, um ihn am Leben zu halten, bis der Hubschrauber kam und ihn mitnahm. Jim versuchte, dieses letzte Bild von Roy festzuhalten, wie er langsam auf einer Bahre über ihm kreiste und in Sicherheit gebracht wurde. Die Liebe zu Roy schmerzte in seiner Brust, und er war überwältigt von der Rettung seines Sohnes.

Diesen Tagtraum konnte er jedoch nicht ewig festhalten, und bald darauf saß er einfach nur noch auf einem Stuhl am Fenster, an einem bedeckten Tag in einem beheizten Raum. Er sah auf seine bestrumpften Füße auf dem sauberen beigen Teppich und auf die cremeweißen Wände und die gespachtelte Zimmerdecke und hinunter auf das stümperhafte Aquarell vom Fischer, der sein Netz einholt. Er wollte mit seinem Bruder sprechen oder mit Rhoda, konnte sich aber nicht vorstellen, sie anzurufen. Als er vor Hunger nicht mehr dasitzen konnte, zog er sich warm an und wappnete sich, dem Volk von Ketchikan zu begegnen.

Jim lief grußlos durchs Foyer und ging in ein Restaurant auf der anderen Straßenseite, in dem man Fish and Chips essen konnte. Er setzte sich in eine Ecknische und starrte auf seine verkrampften Hände. Als die Kellnerin endlich zu ihm an den Tisch kam, schien sie ihn nicht wiederzuerkennen, obwohl er sie noch von damals kannte. Auch schien er noch nicht berühmt zu sein für das, was auf den Inseln passiert war. Er hatte gedacht, die ganze Geschichte würde vielleicht mehr Aufmerksamkeit erregen.

Jim trommelte mit den Fingern auf die rote Resopalplatte und wartete und nippte an seinem Wasser und fragte sich, wie es eigentlich so weit gekommen war, dass er keine Freunde mehr hatte. Keiner kam hergeflogen, um ihn zu besuchen oder die Zeit mit ihm durchzustehen. John Lampson in Williams und Tom Kalfsbeck in Lower Lake: Er hatte sie noch nicht angerufen, also wussten sie nicht Bescheid, aber er war sich ziemlich sicher, dass sie selbst dann nicht kommen würden. Und auch das hatte mit den Frauen zu tun. Er war die vergangenen Jahre so besessen gewesen von Rhoda, dass er den Kontakt zu seinen Freunden in Kalifornien verloren und in Fairbanks keine neuen Bekanntschaften geschlossen hatte. Er hatte gearbeitet und Dinge gekauft und telefoniert und Prostituierte aufgesucht und ein paarmal mit anderen Zahnärzten oder Kieferorthopäden und ihren Ehefrauen zu Abend gegessen, aber mehr nicht. Dass er so tief gesunken war, überraschte ihn nicht. Er hatte sich von allen abgeschirmt und dem hingegeben, was er für Liebe gehalten hatte, jedoch nur

Sehnsucht war, eine Krankheit, die überhaupt nichts mit Rhoda zu tun hatte. Erst dieser Vorfall hatte ihn aufgerüttelt, ihm die Augen geöffnet. Sein Sohn musste sich umbringen, damit er sein Leben zurückbekam. Nur funktionierte auch das nicht, weil der Selbstmord seines Sohnes nicht das einzige Problem war.

Jim hielt die Tränen zurück, so gut er konnte, aus Angst, dass man es bemerken und ihn für schuldig halten würde, wobei die Menschen seine wahren Verbrechen unmöglich kennen konnten – nicht die naheliegenden wie Mord, sondern viel schwerwiegendere.

Endlich brachte ihm die Kellnerin das Essen, und er aß, obwohl es nach nichts schmeckte und er nur an Roy denken konnte.

Spätabends ging er noch einmal raus und spazierte am Wasser entlang. Er lief am Zentrum vorbei, wo er seine Praxis gehabt hatte, und weiter ins Rotlichtviertel, das jetzt gewissermaßen konserviert und in lauter kleine Souvenirläden umgewandelt wurde. Die kleinen Holzbauten säumten in bedenklicher Schräglage das Ufer des schmalen Flusses. Von der Brücke aus betrachtete er sie und versuchte sich vorzustellen, wie das Leben hier vor seiner Geburt ausgesehen hatte. Aber genau das war ihm noch nie gelungen, sich in ein anderes Leben hineinzuversetzen.

Am Morgen klopfte es an seiner Zimmertür, und als er öffnete, standen Elizabeth und seine Tochter Tracy vor ihm.

Wow, sagte er. Mein Gott, euch habe ich nicht erwartet.

Ach Jim, sagte Elizabeth und schlang zum ersten Mal seit Jahren die Arme um ihn. Das fühlte sich unglaublich gut an. Dann beugte er sich zu Tracy hinunter und umarmte sie. Sie hatte geweint und sah erschöpft aus. Jim wusste nicht, was er sagen sollte.

Kommt rein, sagte er. Sie folgten ihm und setzten sich auf die Couch.

Tracy fing an zu weinen. Elizabeth hielt sie fest und küsste sie auf den Kopf, dann sah sie Jim an und fragte, Was ist da draußen passiert, Jim?

Ich weiß es nicht, sagte Jim. Ganz ehrlich, ich weiß es nicht.

Wirklich nicht? Aber dann fing sie an zu weinen, und Tracy weinte, und sie gingen. Elizabeth versprach, dass sie später wiederkommen würden.

Also wartete Jim, saß auf einem Stuhl, blickte auf die Tür des Hotelzimmers und konnte nicht glauben, dass sie in der Stadt waren. Er war schon so lange weg, und noch unglaublicher war, dass sie alle hier in Ketchikan waren, alle zusammen, außer Roy natürlich, und dann setzten seine Gedanken wieder aus. Das war alles zu viel. Er hatte große Angst, aber eigentlich keine Ahnung, wovor genau.

Als Elizabeth und Tracy schließlich wiederkamen, war die Essenszeit schon vorüber, aber sie hatten keinen Hunger, also saßen sie schweigend im Zimmer, und Jim wollte seine Familie und sein Leben zurück und stellte sich immer wieder vor, wie Roy einfach zur Tür hereinspaziert kam.

Hast du ihn umgebracht?, fragte Elizabeth und verlor sich in furchtbaren, hässlichen lauten Schluchzern, die auch Tracy wieder ansteckten. Jim weinte nicht; er kalkulierte, suchte einen Weg, um die beiden zurückzubekommen, und fand ihn nicht.

Es tut mir leid, sagte er. Ich hatte die ganze Zeit Angst, dass ich mich umbringe. Er hat sich um mich gekümmert. Dann hat er mich überrumpelt und sich umgebracht.

Was ist passiert, Jim?

Ich habe ihm die Pistole gegeben, als ich zur Tür raus bin. Er sollte sie ja nicht benutzen.

Du hast ihm die Pistole gegeben?

Jim erkannte, dass er ihr das nicht hätte erzählen sollen. Das war keine böse Absicht, sagte er.

Du hast ihm die Pistole gegeben? Da stand Elizabeth auf, durchquerte das Zimmer und schlug ihn, mit Wucht, und er sah Tracy an, die mit einem schrecklich starren Ausdruck im Gesicht zusah, und dann waren sie weg, und er wartete den Abend und den nächsten Morgen darauf, dass sie zurückkämen, und als sie nicht kamen, lief er suchend durch die Stadt und fand schließlich ihr Hotel, aber sie hatten bereits ausgecheckt. Er suchte bis zum Abend, dann fiel ihm ein, dass er die Fluggesellschaft anrufen könnte, da lief aber nur ein Band, also musste er bis zum Morgen warten, an dem er erfuhr, dass sie nach Kalifornien zurückgeflogen waren, mit Roys sterblichen Überresten.

Jim rief Elizabeth immer wieder an, und eines Tages rief sie zurück. Er versuchte sich zu erklären, aber sie hörte ihm nicht zu.

Ich verstehe das nicht, Jim, sagte sie. Ich werde das nie verstehen. Wie mein Sohn zu dem Jungen wurde, der sich das angetan hat. Was du ihm angetan hast, dass er so wurde. Und dann legte sie auf und ging tagelang nicht ans Telefon und änderte schließlich ihre Nummer, und die neue Nummer tauchte in keinem Verzeichnis auf, und er konnte Ketchikan nicht verlassen und keinen Bekannten erreichen, der ihm ihre neue Nummer gegeben hätte. Alle, sogar sein Bruder und seine Freunde, waren gegen ihn. Die Einzige, die er nicht anrief, war Rhoda. Das konnte er nicht, denn in gewisser Weise hatte auch sie Roy getötet.

Jim versuchte herauszufinden, wie er die Tage zubringen sollte. Irgendwann würde er wieder in sein Leben zurückkehren müssen. Er konnte nicht die nächsten fünfzig Jahre hier sitzen und vor sich hin leiden. In Wahrheit allerdings hatte er Angst. Er wusste nicht recht, wie er beweisen sollte, dass er seinen Sohn nicht getötet hatte.

Kurz nach zwei Uhr morgens wurde Jim bewusst, dass er seit einem knappen Jahr nicht mehr mit einer Frau geschlafen hatte. Also zog er sich an und machte sich auf die Suche nach einer Prostituierten.

Die Straßen waren nass, der Nebel kam nah heran. Vom Hafen und von der Straße wurden die Geräusche eigenartig herübergetragen. Angelglocken, Nebelhörner, Möwen und das Zischen von Reifen auf Asphalt. Er lief zu seiner alten Praxis im Zentrum.

Sie hatten die Fassade erneuert. Sie sah jetzt moderner aus und war dunkelgrün gestrichen. Goldlettern an den Fenstern mit den Namen der Zahnärzte, zwei an der Zahl.

Ich hätte hierbleiben können, sagte er. Wenn ich nicht fremdgegangen wäre und alles kaputt gemacht hätte. Wenn ich meine Frau hätte ertragen können. Wenn der Lachs wie ein Vogel durch die Straßen geflogen wäre.

Er wusste nicht recht, was er mit dieser Praxis anfangen sollte. Er wandte ihr den Rücken zu, überquerte die Straße und lief auf der anderen Seite zurück Richtung Konservenfabriken.

Im Sommer waren die Fabriken voller Collegestudenten, doch jetzt, im Frühling, waren sie verwaist. Jim kam an einem alten Mann vorbei, der vor einer Fabrik auf der Bank saß, sie schenkten einander keine Beachtung. Er lief weiter an allen Konservenfabriken vorbei, fand aber keine Prostituierten. Aus einer Laune heraus ging er ins alte Rotlichtviertel am Fluss, wohl wissend, dass er dort keine Frauen finden würde. Er stellte sich ans Holzgeländer, blickte ins grünschwarze Wasser, das zügig ins Meer floss, und gab es auf.

Statt allerdings ins Hotel zurückzukehren, lief er in die entgegengesetzte Richtung, raus aus der Stadt. An den Konservenfabriken vorbei, am Highway entlang, durch Nebel und Nieselregen, der einzige Fußgänger auf der Straße. Es tat gut zu laufen, und es tat gut, alleine draußen zu sein. Sehr viel länger würde er es in dem Hotel nicht aushalten.

Der Wald zu beiden Seiten der Straße ragte undeutlich aus dem Nebel. Draußen auf der Insel war es besser gewesen, das erkannte er jetzt. Da hatte er noch an seine Rettung geglaubt, und er hatte zu Roy gehen und mit ihm reden können. Jetzt war Roy eintausendfünfhundert Meilen weit weg.

Ein dunkelgrüner Pickup kam aus dem Nebel geschossen und musste Jim ausweichen. Etwa dreißig Meter weiter blieb er stehen, und zwei Männer blickten Jim durch den Rückspiegel an. Lange Zeit blickten sie ihn an; Jim stand da und starrte zurück, bis sie weiterfuhren. Er hatte aber Angst, dass sie mit Verstärkung wiederkommen würden. Es war dumm, hierzubleiben. Ein zu großes Risiko. Dann wurde ihm klar, wie paranoid das war, schließlich kannte ihn keiner.

Jim ging trotzdem schnell zurück, auf derselben Straßenseite, und versteckte sich im Gebüsch, sobald er ein Auto hörte. Es war ein langer Weg zurück in die Stadt. Er hatte gar nicht gemerkt, wie weit er gelaufen war. Kurve um Kurve, und zweimal tauchte die Küste durch den Nebel auf, ruhiges graues Wasser unter verschleiertem Mondlicht.

Endlich erreichte er die Konservenfabriken und versteckte sich nicht mehr vor den Autos. Er ging am alten Rotlichtviertel vorbei und an der Touristenmeile, am Zentrum und um die Landspitze herum ins Hotel. Es war beinahe dunkel, trotzdem raffte er seine paar Habseligkeiten zusammen: Kleidung zum Wechseln in einer Plastiktüte, Rasierer und Shampoo, Brieftasche, Stiefel. Er stopfte alles in einen Sack, hinterließ

Kirk eine Nachricht, Danke, dass du mich über den Tisch gezogen hast, und machte sich auf zur Fähre, die ihn zum Flughafen bringen würde.

Das Fährterminal war gut drei Meilen entfernt, über die Jackson Street hinaus am Rande der Stadt. Müde und hungrig kam er dort an, und nirgends gab es etwas zu essen. Als er auf den Fahrplan sah, musste er feststellen, dass dies nicht das richtige Terminal für die Fähren zum Flughafen war. Hier gingen die großen Fähren des Alaska Marine Highway System ab, die ganz hoch bis nach Haines fuhren und runter nach Washington.

Er kam zu dem Schluss, dass er gar nicht fliegen musste. Er musste nur weg, und frühmorgens ging eine Fähre nach Haines. Er würde auf einer der Bänke schlafen.

Auf der Fähre bestellte er sich einen Hotdog und eine Minipizza und Frozen Yogurt. Die stetige Vibration und das Motorengeratter unter ihm wirkten beruhigend. Ihm kam der Gedanke, dass er sehr viel glücklicher gewesen wäre, wenn er sein ganzes Leben unterwegs verbracht hätte. Diese Fähren waren schwer und robust und rollten und stampften fast nie. Hier beim Essen fühlte er sich jedenfalls anders. Und dann dachte er wieder über seine Segeltour in den Südpazifik nach. Wenn er die ganze Geschichte gut hinter sich brächte, würde er es vielleicht versuchen. Das hätte er gern jemandem mitgeteilt, hätte es gern jemandem erzählt, um herauszufinden, wie es sich anhörte.

Jim sah sich um, aber alle Menschen saßen in Gruppen zusammen. Er aß sein Essen auf und spazierte anschließend auf der Suche nach einer Einzelperson an der Reling auf dem Oberdeck herum, doch dieses Schiff schien, zumindest an Deck, wie Noahs Arche zu sein, es gab nur Paare.

Obwohl er nicht trank, ging er in die Bar, selbst am Morgen wohl der geeignete Ort. Und tatsächlich saß dort eine Frau allein an einem Tisch. Dunkles Haar und traurige Miene, vielleicht auch nur gelangweilt. Sie sah ein paar Jahre jünger aus als er. Und sah nicht aus, als wartete sie auf jemanden.

Darf ich mich zu Ihnen setzen?, fragte er.

Von mir aus, sagte sie, was jedoch so abfällig klang, so gelangweilt, dass er zögerte. Sie sah ihn nur an.

Na schön, sagte er und setzte sich.

Nicht, dass Sie mir damit einen Gefallen tun, sagte sie.

Jim stand auf und ging. Er stellte sich ans Heck und starrte ins Kielwasser. Er hatte dieser Frau von Roy erzählen wollen. Er wollte einfach einer Person die ganze Geschichte erzählen, um sie zu begreifen. Denn wenn er sie ruhen ließ, schien es einfach mehr und mehr so, als hätte er Roy getötet.

Jim hatte Mühe, darüber nachzudenken. Er starrte ins Kielwasser. Obwohl es ausfächerte, sich verlief und auflöste, blieb es aus seiner Sicht immer gleich. Es holte das Schiff nie ein, verlor sich aber auch nicht. Vielleicht bedeutete das etwas, aber Jim fragte sich nur, wie sein Leben jetzt aussah, und er wusste es nicht. Eins hatte sich aus dem anderen ergeben, ihm aber erschien es willkürlich und seltsam, dass sich alles so entwickelt hatte.

Jim roch hier hinten die Dieselabgase. Da dachte er voller Wehmut an die *Osprey*, sein Fischerboot. Er war am Ende gescheitert und hatte das Boot verkaufen müssen, aber eigentlich war es kein Scheitern gewesen. Er hatte gemeinsam mit seinem Bruder Gary Thunfisch und Heilbutt eingefahren; er hatte die Fischereiflotte kennengelernt, all die Norweger, auch wenn er nicht richtig mit ihnen geredet hatte. Er hatte ihnen über Funk zugehört, ihrem Funkcheck morgens und abends, ihren Fischereiberichten, ihrer Abendunterhaltung. Sie hatten abwechselnd alte Lieder gesungen und Mundharmonika gespielt und sogar Akkordeon. Es war eigentlich eine tolle Zeit gewesen, auch wenn sein Bruder und er Außenseiter gewesen waren. Blechbüchse hatten sie sein Boot genannt, wegen des Rohaluminiums. Die meisten von ihnen hatten ältere Holzboote gehabt, einige Fiberglasboote. Gelegentlich hatten sie über ihn gesprochen, aber das war nie eine Aufforderung gewesen, sich ihrer Funkunterhaltung anzuschließen. Ihm fehlte dieses Leben. Er wünschte, es hätte funktioniert. Roy hätte im Sommer auf dem Boot arbeiten können.

Eines Nachts hatten die Norweger ein Boot verloren. Sie meldeten sich morgens beim Einchecken, und keiner wusste, wo dieses eine Boot abgeblieben war. Sie sprachen hauptsächlich Norwegisch, aber auch so viel Englisch, dass Jim und Gary wussten, was vor sich ging. Sie waren selbst einmal abgetrieben, nachdem ihr Driftsack gerissen war. Das Wasser war viel zu tief für Grundanker, also hatte die gesamte Flotte ihre Driftsäcke über den Bug ausgebracht und war so beisammengeblieben, doch in der Nacht riss ihr Driftsack, und Jim und Gary wachten weitab der Flotte auf, ohne Fischerboote und direkt in den Schifffahrtsrinnen. Genau das musste mit dem norwegischen Boot passiert sein, und man hörte nie wieder was von ihm.

In Haines rief Jim seinen Bruder Gary an. Hey, sagte er, ich bin's, und dann herrschte Stille. Er wartete.

Also, sagte Gary. Nach dir wird gesucht.

Gesucht?

Du hast gegen die Kautionsauflagen verstoßen, oder?

Nein.

Wieder Schweigen. Da gibt es offensichtlich geteilte Ansichten, sagte Gary. Und du solltest vielleicht mal darüber nachdenken, irgendwie einzulenken, denn ich vermute, dass die Ansicht des Sheriffs hier ausschlaggebend ist.

Warum unterhalten wir uns darüber?, fragte Jim. Ich habe dich aus anderen Gründen angerufen. Ich wollte mich mit meinem Bruder unterhalten. Ich habe viel an unsere Zeit auf der *Osprey* gedacht und wie schade es ist, dass es nicht funktioniert hat. Ich wünschte, wir wären noch dabei. Und ich dachte, es wäre schön gewesen, wenn Roy im Sommer auf dem Boot hätte arbeiten können.

Jim, wo bist du?

In Haines.

Hör zu, du musst dich stellen. Du kannst nicht weglaufen, das macht deinen Stand bei der Jury nur noch schwerer.

Hörst du mir überhaupt zu?, fragte Jim. Ich wollte mit dir über was anderes reden. Denkst du manchmal an die *Osprey*, wie wir da draußen gelebt haben?

Jim wartete. Er hörte seinen Bruder atmen.

Schon, ja, sagte Gary endlich. Manchmal denke ich an diese Zeit. Und obwohl es hart war, bin ich froh, dass wir es gemacht haben. Es war ein Abenteuer. Ich würde es aber nicht wieder machen.

Nein?

Nein.

Schade, sagte Jim. Weißt du, ich fühle mich ein wenig allein mit dieser ganzen Geschichte, seit ich zurück bin. Ich hatte niemanden zum Reden. Keiner ist mich besuchen gekommen oder hat mich unterstützt.

Und jetzt kann keiner mehr kommen, sagte Gary. Das wäre Beihilfe oder so. Zur Flucht. Ich weiß nicht, wie sie das nennen würden, aber etwas würde ihnen schon einfallen.

Ich komme da nicht mehr raus, oder?, fragte Jim. Er wartete, und Gary schwieg, und Jim erkannte schließlich, dass er recht hatte. Er wartete bloß auf seinen Untergang. Außerdem erkannte er, dass er seinem Bruder nichts mehr zu erzählen brauchte. Ich muss jetzt los, sagte er.

Ist gut, sagte Gary. Ich hätte dir gern geholfen. Wirklich. Ich hätte dich noch in Ketchikan besuchen sollen.

Schon gut.

Jim ging geradewegs in die Stadt, um seine Bank aufzusuchen. Sie mussten hier eine Zweigstelle haben. Er fand diverse andere Banken, hatte beinahe, wie es schien, das andere Ende der kleinen Stadt erreicht und wollte gerade panisch werden, als er seine Bank doch noch fand. Er ging hinein, Scheckbuch und Ausweis in der Hand, stellte sich an und wurde aufgrund der Abhebesumme, knapp 115 000 Dollar in bar, an einen Beratungstisch gebeten. Er wollte sein Sparkonto restlos räumen, wobei der Sheriff das Guthaben wahrscheinlich bereits eingefroren hatte. Coos war das Konto bekannt, weil er schon über 200 000 Dollar für die Kaution und Bearbeitungsgebühren und einige Tausend für die Lebenshaltungskosten in Ketchikan abgehoben hatte.

Die Bankberaterin wollte ihn nicht wirklich beraten. Das ist eine ungewöhnlich hohe Summe, sagte sie. Vor allem in bar. Ich muss Sie darüber informieren, dass wir gezwungen sind, das zu melden. Wir müssen alle derartigen Einzahlungen und Abhebungen melden.

Das ist okay, sagte Jim.

Darf ich fragen, wofür Sie das Geld brauchen?

Um ein Haus zu kaufen, sagte Jim.

Dafür können wir einen Barscheck ausstellen.

Nein, es muss bar sein.

Ein Barscheck ist bar.

Bares Geld.

Die Frau runzelte die Stirn.

Hören Sie, sagte Jim, ist das mein Geld oder nicht?

Natürlich, sagte die Frau. Ich bin mir aber nicht sicher, ob wir so viel vorrätig haben. Beziehungsweise ich bin mir sicher, dass wir nicht so viel haben.

Wie viel haben Sie denn?

Wie bitte?

Ich nehme so viel, wie Sie haben.

Jim ging mit 27500 Dollar. Er wusste, dass man ihn übers Ohr gehauen hatte, dass sie mehr Bargeld vorrätig hatten, aber es würde reichen. Er musste ja kein Boot kaufen. Er könnte ein Boot suchen, das gerade herumdümpelte und auf die Freigabe wartete. Die Besatzung würde Geld gebrauchen können.

Jim probierte es zunächst bei den größeren Booten. Es war zwar kaum jemand anzutreffen, aber er bekam Telefonnummern und Adressen von Privatpersonen und Bars. Dann fand er einen Mann auf einem kleineren Fischerboot, der gerade das Deck schrubbte.

Tag, sagte Jim, aber der Mann sah ihn nur an und wandte sich wieder seiner Arbeit zu. Er war ein wandelndes Klischee, geradezu lachhaft. Bart und verwitterte Kappe, eine arme Schnapsdrossel.

Ich möchte die Küste runter nach Mexiko. Ich zahle fünfzehntausend. Interesse?

Da sah ihn der Mann an. Gerade jemanden erledigt?, fragte er.

Nur mein eigenes Leben, sagte Jim.

Ich geh mal eben zum Sheriff und frag nach, dann können wir drüber reden.

Ist das Ihr Boot?

Nein. Aber ich kenne den Kapitän.

Wie wär's, wenn wir den Sheriff vergessen und auf zwanzig erhöhen?

Der Mann nahm die Kappe ab und kratzte sich am Kopf. Vergessen wir auch die Küstenwache? Und legen in Mexiko vielleicht eine Besatzungsliste vor, auf der ein Name fehlt?

So könnte es aussehen.

Dann rede ich mal mit Chuck. Viel tut sich hier ja gerade nicht für uns.

Der Mann ging in die Kajüte und blieb lange verschwunden. Jim hörte keine Stimmen und nichts. Das Boot war eine alte Krücke, verrostet und mit Kabeln zusammengehalten. Aber es würde ihn die Küste hinunterbringen. Aufwärts war die Hölle, aber nach unten kam man leicht.

Der Mann kehrte mit Chuck zurück, der um die sechzig war und offensichtlich der Kapitän und Bootseigner, ein potthässlicher Mann mit Leberflecken auf der von dunklen Fettsträhnen umrahmten Glatze. Sein hasserfüllter Blick weckte sofort Jims Misstrauen, aber was hatte er für eine Wahl? Ihm blieb nichts anderes übrig. Er musste weg, und außer den beiden war keiner da.

Was hast du für Ärger?, fragte Chuck.

Jim antwortete nicht, er wartete. Schließlich sagte Chuck, Na gut. Wahrscheinlich willst du auf der Stelle weg.

Genau.

Wir brauchen Proviant, Sprit, Reservefilter und so Zeug. Der Motor mackt ein bisschen rum. Das wird kein Express und keine Kreuzfahrt. Aber kostet fünfundzwanzig.

Fünfundzwanzig habe ich nicht. Ich will nicht handeln oder rumgeizen. Ich habe einfach nicht so viel.

Na schön, sagte Chuck. Wir brauchen circa drei, vier Stunden, und zehn im Voraus. Und die anderen zehn will ich sehen, um sicherzugehen, dass du sie hast.

Jim ging an Bord, überreichte zehntausend und zeigte die weiteren zehn. Und blieb auf dem Boot, während die beiden sich um die Versorgung kümmerten. Die würden sich nicht ohne ihn aus dem Staub machen. Neun Stunden später, am Abend, waren sie unterwegs.

Ein kühler Wind war aufgekommen, und die Wellen sprühten etwas Gischt über den Bug. Allerdings herrschte klare Sicht. Vom Heck aus konnte Jim alle Lichter von Haines und einige verstreute Lichter entlang der dahinter liegenden Küste sehen sowie Gruppen von Fischerbooten, die auf ihren Einsatz warteten. Dahinter von Wasserflächen unterbrochenes Brachland, die Grenze zwischen beiden dunkel und unstet. Wenn man nachts mit dem Boot in fremden Gefilden unterwegs war, konnte man Jims Erfahrung nach beinahe alles glauben, jede Richtung, jede Tiefe barg derartige Ängste, dass man womöglich seinem Kompass und seinem Echolot misstraute, bis man auf den Felsen auflief. Jim hoffte, dass Chuck und Ned genügend Erfahrung hatten.

Sie fuhren weiter durch die Nacht Richtung Juneau, glitten an dunklen Landschaften vorbei, die vor dem dunklen Himmel kaum auszumachen waren. Er fühlte sich fremd. Er hatte fast sein ganzes Leben in diesem Land zugebracht, aber das Land war nicht sanfter oder zugänglicher geworden in dieser langen Zeit. Es fühlte sich so feindselig an wie bei seiner Ankunft. Er hatte das Gefühl, ausgelöscht zu werden, sollte er sich dem Schlaf hingeben. Chuck stünde betrunken am Ruder, die Strömung würde sie erfassen und seitlich abdrängen, bis der Grund am Rumpf schrappte, dass sie kippen, mit Meerwasser volllaufen und ertrinken würden. Diese Gefahr existierte nun mal. Weiter draußen wären sie viel sicherer. Darüber dachte er nach, als er über Roy nachdachte. Roy war ihm auch feindlich gesonnen gewesen. Er war vor Roy nicht genügend auf der Hut gewesen. Er hatte sich in seinen eigenen Problemen verloren und Roy nicht rechtzeitig als Bedrohung wahrgenommen. Er hatte sich dem Schlaf ergeben.

Der nächste Tag brach langsam an. Eine dünne graue Linie zunächst oder vielleicht ein weniger dunkles Blau, dann zeichneten sich die Bergspitzen ab, als brächten sie sich selbst hervor, über ihnen ein schnelleres Frühlicht, das sich bald an den Rändern feurig kräuselte, und auf einmal war Weiß überall, und die orangerote Sonne schob sich scheibchenweise zwischen zwei Gipfeln empor, wuchs, wurde schwer und gelb, verband sich mit der Welt und wurde zu heiß zum Hinsehen. Alles war geblendet. Wasser, Berge und Luft waren erfüllt vom selben grellen Schein. Jim konnte keine Boote oder Wellen oder Landstriche erkennen, konnte fast eine halbe Stunde lang nichts sehen, bis der Tag sich wieder mit Dingen füllte, das Land wieder Land wurde, Wellen eine Entfernung hatten und er überall auf ihnen Boote sah. Die Oberfläche noch immer undurchdringlich, grauweiß, eine dichte Membran. Das Boot schlingerte träge bei acht, neun Knoten, Haines war jetzt weit weg oder nicht mehr da, nicht mehr zu sehen.

Um acht, als Ned Chuck ablöste und einen ganzen Karton Donuts verputzte, fuhren sie an einem Ort vorbei, den Jim für Juneau gehalten hatte, aber es war erst Point Bridget State Park, wie er auf der Karte sah, mit Juneau verbunden durch einen schmalen Highway.

Wenn du Karten lesen kannst, kannst du uns auch mal ablösen, sagte Ned.

Ist gut, sagte Jim. Dann bin ich als Nächster dran.

Kurz darauf hätte Jim durch den Favorite Channel und wenig später durch den Saginaw Channel hindurch Juneau erblicken können, aber er sah im Grunde nichts. Sie kamen nicht sehr nah ran, und es sah nach nichts aus. Um die Mittagszeit übernahm Jim erschöpft das Ruder, sie waren um Couverden Island herum und hielten westlich auf die Icy Strait zu.

Er schmunzelte, als er die Icy Strait erreichte, denn es wurde tatsächlich viel kälter. Das war eigentlich ein Witz. Die Kälte kroch sogar durch die kleinen Risse und Luftlöcher ins Ruderhaus.

Die Meerenge war riesig – mindestens acht Kilometer breit –, aber es herrschte eine Menge Verkehr. Einige Kajütboote und zwei Segelboote, vor allem aber viele kommerzielle Lachs- und Heilbuttfischer und einige Schlepper mit Ladung, die sie weit hinter sich herzogen. Die musste er im Voraus einkalkulieren. Er war ein so langsames Boot nicht gewohnt, er konnte damit einfach nicht schnell genug ausweichen. Und das VHF schaltete er nicht ein, weil er keine Aufmerksamkeit wollte.

Gegen drei passierten sie Pleasant Island, dann Point Gustavus und der Wind heulte vom Glacier Bay nach Norden, durch die Sitakaday Narrows.

Als sie wenig später Dundas Bay passierten, die nächste kleine Bucht, sah er einen großen Kreuzer der Küstenwache hinter den Inian Islands vorbeifahren und wurde panisch. Wenn sie an Bord kämen, um wie üblich die Sicherheitsausrüstung zu überprüfen und nach Drogen zu suchen, wäre er dran. Er vertraute nicht darauf, dass Chuck oder Ned ihn decken würden. Er hatte sogar Angst, sich schlafen zu legen, obwohl er sich inzwischen kaum noch auf den Beinen halten konnte. Die Küstenwache fuhr auf der anderen Seite der nördlichsten Insel vorbei und verschwand in der nächsten Bucht. Jim hielt möglichst viel Abstand und wich zwischendurch in die Taylor Bay aus. Brady Glacier sah gewaltig aus, wie ein Ding aus einer anderen Zeit, in einem anderen Maßstab, der alles Heutige negierte, als könnte Jim unmöglich Jim sein, weil allein der Gedanke schon zu klein war, so augenblicklich wie das grelle Frühlicht. Neben dem Gletscher waren die Berge winzig.

Der Wind fegte in Böen vom Gletscher hinunter und schaukelte das Boot, aber das war gut, es hielt ihn wach.

Und dann war er draußen. Um acht fuhr er an Cape Spencer vorbei und hielt aufs offene Meer zu, weg von der Küste, weg von den Inseln und Südostalaska. Laut Karte wäre er in einer knappen Stunde aus US-Gewässern heraus. Er würde sie noch einmal kreuzen wegen des Grenzverlaufs, aber nur kurz. Eine Nacht noch und ein Tag, und er wäre so weit auf hoher See, dass ihn niemand fand und dass es niemanden mehr kümmerte. Dann trat er in ein anderes Leben ein.

Und wieder dachte er an Roy. Er konnte offenbar gar nicht anders. Nichts ahnend ließ er die Gedanken schweifen, und plötzlich sah er die Pistole vor sich und wie er sie Roy reichte, oder wie er in die Hütte kam und Roy fand, beziehungsweise das, was von ihm übrig war. Und dann dachte er an den Schlafsack und überlegte, was mit ihm geschehen sein mochte. Sie hatten ihn mitsamt Roys Leiche in dem Klarsichtsack mitgenommen, denn sie hatten nicht gewagt, ihn auszuschütten. Es war unerträglich, in dieser Weise an ihn zu denken, aber was hätten sie tun sollen? Früher oder später mussten sie es getan haben, irgendwann vor der Beerdigung. Aber wer? Wer hatte ihn ausgeschüttet? Und was hatte Elizabeth gesehen? Und seine Tochter Tracy? Vielleicht sah er sie nie wieder. Er hatte auch sie verloren.

Der Golf von Alaska war sehr kalt. Es wehte ein kräftiger Wind, und die Wellen waren jetzt groß und hektisch, Dünung und Windwellen, die um ihn herum brandeten und das

Vordeck überspülten, hin und wieder auch seitlich hereinschwappten. Chuck löste ihn um vier ab. Schlaf ein bisschen, sagte er.

Wie weit draußen sind wir?, fragte Jim. Hundert Meilen mindestens hätte ich gern die ganze Strecke über.

Das lässt sich machen, sagte Chuck. Wobei wir irgendwann tanken müssen. Oregon wahrscheinlich.

Jim ging hinunter und streckte sich in einer kleinen Koje aus, die fürchterlich nach Chucks altem Schweiß und nach Alkohol stank. Er hatte Hunger, war aber zu müde, also versuchte er zu schlafen.

Ein fahrendes Boot ist eine geräuschvolle Angelegenheit. Das hatte er gewusst. Aber diese Bootswände knarrten und knallten verhängnisvoll. Und der Dieselmotor lief extrem unregelmäßig, mal niedrigtourig und dann wieder rasend schnell, und das lag nicht nur an Dünung und Kavitation. Jim rollte sich ein vor Angst und Erschöpfung und wartete darauf, dass es vorbeiging, wartete auf den Schlaf, aber vor lauter Angst und Warten dachte er zu viel nach. Er dachte an die Steuerbehörde, den Sheriff, die Küstenwache, seinen Bruder, Elizabeth, Tracy, Rhoda und Roy. Er malte sich eine lange Unterhaltung mit Rhoda aus, in der er sie davon zu überzeugen versuchte, dass er Roy nicht getötet habe. Er wies sie darauf hin, dass Roy dreizehn gewesen sei, dass er einen eigenen Willen gehabt, dass er seine eigenen Entscheidungen getroffen habe.

Seine eigenen Entscheidungen?, fragte Rhoda.

Ich war's ja nicht, sagte Jim. Das war doch nicht meine Idee, dass er sich umbringt.

Nicht deine Idee, Jim?

Nein, würde er Rhoda erklären. Dann aber beichtete er ihr noch etwas. Er erzählte ihr, wie er an die Decke geschossen hatte.

Und wozu?

Keine Ahnung. Ich habe einfach nur geschossen.

Einfach nur geschossen?

Maul halten, sagte Jim laut in der Dunkelheit, aber er konnte seine eigenen Worte kaum verstehen, so ein Krach herrschte hier. Und dann sorgte er sich um ihren Kurs. Wie sollte er merken, wenn das Boot umschwenkte, wenn Chuck beschloss, zurückzufahren? Und was war mit den Inseln? Das war eine irrationale alte Angst von ihm. Wenn er mit dem Boot unterwegs war, fürchtete er immer, auf Inseln aufzulaufen, die nicht auf der Karte verzeichnet waren, selbst mitten auf dem Meer.

Er konnte den Kopf nicht stillhalten. Darum schlief er nicht. Egal, wie fest er den Kopf zwischen einige Hemden und das Kojensegel klemmte, er konnte ihn nicht am Wackeln hindern, wenn das Boot wackelte. Er konnte den Nacken nicht entspannen. Und die Barthaare am Kinn rieben sich bei jeder Bewegung an den Hemden. Roy war noch nicht so weit gewesen, richtigen Bartwuchs zu entwickeln. Er hatte allmählich Pfirsichflaum bekommen. Einmal hatten sie übers Rasieren gesprochen, Roy hatte Sorge gehabt, sich zu schneiden, und nicht gewusst, dass der Scherkopf mitschwenkte. Jim schmunzelte. Dann weinte er wieder und verfluchte seine Schwäche. Er sah sich in Mexiko und vielleicht eines Tages im Südpazifik, da unten bei dem schönen Wetter mit herrlichem warmem Wasser und den grünen Bergen, und sah, dass er immer noch allein wäre. Roy würde nie nachkommen. Und er fragte sich, wie Roys Grab aussah. Er würde es nie zu Gesicht bekommen.

Jim sah zur anderen Seite hinüber, ob Ned auch wach war, aber das war offensichtlich nicht der Fall.

Jim lag mit geschlossenen Augen am Kojensegel und fand

keinen Halt. In ihm war alles verweht, ein Vakuum. Ihm war alles egal. Es wäre besser gewesen, er hätte sich umgebracht, aber das hatte Roy für sich beansprucht, jetzt konnte er das nicht mehr tun. Roy hatte sich statt seiner umgebracht, ein glatter Deal, und deshalb war Jim für Roys Selbstmord verantwortlich. So hätte es nicht ausgehen dürfen, aber weil Jim feige war, weil er nicht den Mumm gehabt hatte, sich einfach umzubringen, bevor Roy zurückkam, hatte er den Augenblick verpasst, den einen Augenblick, um alles zurechtzurücken, und hatte diese Chance für immer verwirkt, hatte Roy die Pistole gereicht und ihn gebeten, die Probleme auf seine Art zu lösen, auch wenn es nicht die richtige Art war.

Und Roy hatte es getan. Roy war kein Feigling gewesen, ohne mit der Wimper zu zucken hatte er sich den Lauf an die Schläfe gehalten, abgedrückt und sich den halben Kopf weggepustet. Und Jim hatte das nicht begriffen, als er den Schuss hörte. Damals, zu dem Zeitpunkt, hatte er das dargebrachte Opfer nicht erkannt.

Jim hatte es selbst dann noch nicht geglaubt, als er Roys Leiche in der Tür fand mit seinem Blut und seinem Hirn und seinen Knochen überall. Selbst als der Beweis vor ihm lag, glaubte er nichts und sah nichts. Und jetzt war er auf der Flucht, bildete sich ein, weglaufen, dem Gesetz und seiner Strafe entgehen und irgendwo ein traumhaftes Leben führen zu können, Mangos und Kokosnüsse verspeisend wie Robinson Crusoe, als wäre nichts passiert, als hätte sein Sohn nichts getan, als wäre er völlig unbeteiligt gewesen. Aber so konnte es nicht ausgehen, das wusste er jetzt, und er wusste auch, was er zu tun hatte.

Jim verließ seine Koje und ging ins Ruderhaus. Chuck saß zurückgelehnt im Kapitänssessel und blätterte in einem Pornoheft. Er hob kurz den Kopf und fragte, Was willst du?

Wir müssen zurück, sagte Jim. Ich kann nicht weglaufen. Ich werde mich stellen.

Chuck sah ihn weiter an, und Jim hatte keine Ahnung, was er dachte. Du willst dich also stellen, sagte Chuck schließlich.

Genau.

Und was ist mit uns? Wir haben dir aus der Stadt rausgeholfen, schon vergessen?

Jim wusste nicht recht, was er machen sollte. Okay, du hast recht, sagte er. Ihr bekommt die ganze Summe, und ich warte ein paar Tage, bis ihr weg seid.

Chuck widmete sich wieder seinem Heftchen. Ist gut, sagte er. Weck Ned auf für die nächste Wache, bevor du dich wieder hinhaust.

Jim weckte Ned, der sich beschwerte, dass es zu früh sei. Jim legte sich wieder hin und versuchte zu schlafen. Beim Einnicken probte er sein Geständnis. Ich, Jim Fenn, habe meinen Sohn, Roy Fenn, umgebracht, im letzten Herbst vor etwa neun Monaten. Ich habe ihm aus nächster Nähe mit meiner Pistole, einer 44er Ruger Magnum, die, glaube ich, vom Sheriff sichergestellt wurde, in den Kopf geschossen. Ich war selbstmordgefährdet und hatte über Funk mit meiner Exfrau Rhoda gesprochen, die sagte, dass sie nicht mehr mit mir zusammensein will und vorhat, einen anderen Mann zu heiraten, ich habe das nicht mehr ausgehalten und war zu feige, mich umzubringen, und habe stattdessen meinen Sohn umgebracht.

Das stimmte nicht ganz. Er überdachte noch einmal seine Motive, denn die würden sie ganz bestimmt hinterfragen. Er ging jedes belastende Detail durch, immer wieder, die Pistole, die Funkgeräte, alles. Er war so erschöpft, dass er nicht klar denken konnte. Sein Gehirn hatte ausgesetzt, und sein Körper fühlte sich winzig an, als wäre er ein Kind. Ein winziges goldenes Kind, das seinen Körper nach und nach an Fäden zu sich hinzog. Er war dabei, zu verschwinden.

Jim wachte mit einem Strick um den Hals auf, an dem er aus der Koje gezerrt wurde. Er versuchte vergeblich, zu schreien. Er lag auf dem Boden, stieß an ein Schott, rappelte sich hoch, dann sah er Ned mit einem Holzschläger auf seine Beine einprügeln. Er fiel hin, wurde mitgeschleift, sah kurz Chuck am anderen Strickende und wusste, das hätte er ahnen müssen. Es lag doch auf der Hand. Dann verlor er das Bewusstsein.

Im kalten Wasser wachte er auf, und er wollte, dass sie ihn fanden und retteten. Wollte, dass Chuck und Ned ihn holten. Er zog am Strick und bekam ihn mühelos vom Hals, aber er trug noch seine Kleider, wurde hinabgezogen, sank, und er hatte keine Schwimmweste. Er tat sich unendlich leid. Das offene Meer sah einschüchternd aus. Überall formten sich Gipfel, ragten auf, verschwanden, Hügel wogten vorbei. Man konnte unmöglich glauben, dass es bloß Wasser war, auch unmöglich glauben, wie tief es unter ihm hinabging. Er kämpfte ewig, so schien es, in Wahrheit wohl etwa zehn Minuten, bevor er erstarrte und ermüdete und Wasser zu schlucken begann. Er dachte an Roy, der keine Chance gehabt hatte, dieses Grauen zu empfinden, Roy, dessen Tod gleich eingetreten war. Er erbrach Wasser und schluckte und atmete es wieder ein, es war das Ende, kalt und hart und unnötig, und da wusste er, dass Roy ihn geliebt hatte und dass ihm das hätte reichen müssen. Nichts hatte er rechtzeitig begriffen.